「大好きな、貴方の傍
ずっと微睡んで、い
「全て終わった暁には——
二人でゆっくり一緒に暮らそう」
これは、全てが終わった後で——。
＜英雄＞と呼ばれた騎士と、＜死神＞と呼ばれた密偵の。
歴史にも記録にも残らない、二人だけの物語だ。

クロエ
裏世界最強の暗殺者にして、
エルドの嫁。エルドのことが
大好き。
エルバラード・
リュオン
エルド
元近衛騎士団団長にして<白の英雄>。
クロエと二人きりの結婚生活を満喫中。

レオンハルト・モーゼル
レオン
国王にして＜蒼の英雄＞。エルドの親友。
魔竜討伐のついでに親友の様子を
見にやってきた。
ヒナ・ヌ・ラフィナ
レオン直属の密偵にして護衛の少女。
クロエの後輩で、クロエのことが大好き。

「今度は……エルドさんで、酔わせてください」
「もちろんだ……少し、激しくなるかもな」
「望むところ、です」

最強英雄と無表情カワイイ暗殺者のラブラブ新婚生活 1

アレセイア

HJ文庫
1099

口絵・本文イラスト　ｍｏｔｔｏ

contents

序章――英雄譚の終わり

preface

魔王《まおう》は、滅《ほろ》んだ。

人類を脅《おびや》かしていた魔族《まぞく》の独裁者、魔王はその子の離反《りはん》と人類連合の猛攻《もうこう》を前にして、ついに敗北を喫《きっ》した。その知らせに全人類は沸《わ》いた。この機を逃《のが》さず、人類諸国はそれぞれに手を取り合うことを誓《ちか》った。今までは人類同士で相争い、魔王に付け入る隙《すき》を与《あた》えてしまった。そうならないよう、人類は一致《いっち》団結し、同盟を結んで助け合おう。

その友好条約が結ばれ、魔族政権とも不可侵《ふかしん》条約が締結《ていけつ》された。

すなわち、長年の戦争状態が一気に解決されたのである。

英雄譚は終わりを告げ、主人公たちは舞台《ぶたい》から降りるとき――。

英雄、エルバラード・リュオンもその一人だった。

活気で賑《にぎ》わう王城。騎士《きし》や女官が笑い合いながら行き交《か》う廊下《ろうか》。

その中をエルバラードは靴音《くつおと》を鳴らしながら歩いていた。

鎧《よろい》の上に纏《まと》った白銀のマントを翻《ひるがえ》し、くすんだ茶髪《ちゃぱつ》が風に揺《ゆ》れる。その顔立ちはどこか柔《やわ》らかく、とても戦士には見えない。

彼《かれ》の前方から歩いてきた二人の騎士は彼に気づくなり、表情を引き締《し》めて胸に拳《こぶし》を当てる。彼は一瞬《いっしゅん》、足を止めると敬礼を返し、彼らとすれ違《ちが》う。

その背後からわずかに畏怖《いふ》の籠《こ》もった声が聞こえてくる。

「おい〈白の英雄〉のリュオン団長だぜ……」

「王城に戻《もど》っていたんだな。ということは、辺境の魔物討伐《まものとうばつ》任務は終わったのか」

「たった一週間でか？　さすが、〈白の英雄〉殿《どの》……」

その声に思わずエルバラードは苦笑いをこぼす。

確かに、辺境の魔王《まおう》討伐任務に出ていた。だが、ほとんどエルバラードの出番はなかった。他の実力者たちもそこで討伐に加わっていたからだ。

それだけ、今は実力者たちの手が余っている、ということである。

ふと足を止め、廊下の窓から外を見やる。そこからは城下の様子がよく見える。

城下町では人が行き交い、笑顔《えがお》が見える。目抜《めぬ》き通りでは露店《ろてん》が立ち並んでおり、喧騒《けんそう》がここからでも聞こえてくる──。

(数年前、あそこは配給の長い列があったはずなのにな)

あのときの憔悴《しょうすい》した民たちの雰囲気《ふんいき》はなく、今は活気と共に山積みになった商品が売りさばかれている。物流が途《と》絶《だ》えた数年前ではあり得なかった光景だ。

物流が戻れば活気も戻り、治安もよくなる。街道の魔物も劇的に数を減らしている。

そこで配備されるはずの騎士たちの仕事はもう、ないのだ。

(この世界はもう平和になりつつある、ということなんだな……)

だからこそ、エルバラードはある決断をしていた。

確固たる意志と共に再び廊下を歩き出す。やがて、彼は廊下の突《つ》き当たりで足を止める。

重厚感《じゅうこうかん》のある飾《かざ》り扉《とびら》。それを見つめ、一つ深呼吸してから扉を叩《たた》く。

「遊撃《ゆうげき》騎士団団長、リュオンです」

「ああ、入れ」

機嫌《きげん》のよさそうな声に少しだけ表情を緩《ゆる》ませるのは一瞬。すぐに真剣《しんけん》な顔つきになり、扉を押《お》し開ける。すると、ふわりと独特の香りが鼻を掠《かす》める。

インクと紙の匂《にお》い。書庫を彷彿《ほうふつ》させるような空気。

だが、そこは書庫ではなく、執務室《しつむしつ》だ。壁《かべ》には壁紙が見えなくなるくらいメモが貼《は》られ、執務机の上にはさまざまな報告書が積み上げられている。

その中に埋《う》もれるように一人の青年がいた。

積み上げられた書類を相手にしながら、少し疲《つか》れたような顔つきの青年。年若いのに、苦労を重ねているのがよく分かる。その傍《そば》には真紅《しんく》のマントが投げ捨てられていた。

（……全く、王家のマントをそんなぞんざいに……）

このマントがなければ、彼が国王だとは誰《だれ》も思わないだろう。

ようやく一段落ついたのか、彼は顔を上げた。エルバラードはその場に跪《ひざまず》いて拝礼する。

「エルバラード・リュオン、ただいま帰投致《いた》しました」

「ああ、ご苦労様、エルド。顔を上げていいよ」

砕《くだ》けた口調に顔を上げると、若き国王はにこにこと笑《え》みを浮《う》かべている。その人懐《ひとなつ》っこい顔つきには威厳《いげん》の欠片《かけら》も感じられない。

思わずため息をこぼしながら、エルバラードは半眼を彼に向ける。

「陛下、もう少し威厳を作られた方がよろしいのでは」

「作るときは作るよ。ただ、エルド相手に威張《いば》ったところでね」

やれやれと肩《かた》を竦《すく》めながら、彼はペンを置いて立ち上がるように指で促《うなが》してくる。

「崩《くず》していいよ。エルド。いつもみたいに、友人として話してくれないか？」

「……分かったよ。レオン」

エルドは苦笑いと共に立ち上がった。うん、とレオンハルト王は軽く笑い返す。

「今さら、二人きりのときに敬語を使う仲でもないからな。士官学院で同じ釜《かま》の飯を食った仲で、兄が健在のときは一緒《いっしょ》に戦場に立った友だ」

「でも、公私混同するのはよくないと思うのがな」

「細かいことは気にしないでくれ。エルドの前くらいでは気楽でいたい」

レオンはそう言いながら、忌々《いまいま》しそうに目の前の書類に視線を投げかける。

「何しろ、これだけの仕事があるんだ。あと、首脳会談も山積み——終戦したというのに、気が休まらない」

「まぁ、為政者《いせいしゃ》として当然の仕事ではあるがな」

「自分も好きで引き受けたわけではないんだけどねぇ」

レオンハルトは、まだ二十代前半の歳《とし》——為政者として振舞《ふるま》うには些《いささ》か若すぎる。だが、先王の崩御《ほうぎょ》に伴《ともな》い、即位せざるを得なかったのだ。

それでも彼は立派に王としての務めを果たした。魔王の脅威《きょうい》に晒《さら》され続けた国を護《まも》りながらも必死に民を支え、魔王が討《う》たれた今も尚《なお》、利権に争う貴族たちや他国との外交を制しながら一人で国を護り続けている。その肩に背負うには、あまりにも大きすぎる荷だ。

だが、それを感じさせず、軽い口調でレオンは笑ってみせる。

「まぁ、先王の兄上のためにも、最善を尽《つ》くすだけさ」

「ああ、期待している。レオン。この国を、よろしく頼《たの》む」

「ん？　なんだい、エルド。まさか、騎士を辞するつもりか？」

冗談《じょうだん》めかした軽口。それに応えず、エルドはただ小さく笑って見せる。

だけど、目だけは笑わず、真《ま》っ直《す》ぐにレオンを見つめていると、彼はまばたきをして深くため息をこぼし、儚《はかな》げに笑みを浮かべる。

「……そっか。決めたみたいだな」

「意外でもないだろう？　前々から伝えていたことだ」

「でも、冗談だと思っていた。いや——そう思いたかったからな」

レオンは視線をわずかに逸《そ》らす。エルドは視線を逸らさず、その場に膝《ひざ》をついて拝礼する。

「レオンハルト国王陛下——私はこの職を辞させていただきます」

すでに騎士団《きしだん》の面々には伝えていた内容だった。

レオンはペンを机の上に置くと、背もたれに深く背を預ける。そのまま、肺の限界に挑《いど》むように深く息を吐《は》き出した。

やがて、彼はぽつりと訊《たず》ねる。

「どうしても、行くか？」

「ああ、この国が平和になった以上、僕《ぼく》の武力は必要ない——それに、僕がこの王城を去ることで解決する問題もあるんじゃないか？」

エルドがレオンの前の書類に視線を注ぐと、レオンは苦笑い交じりに頷《うなず》く。

「ああ——軍縮条約とか、な」

以前も、魔王を退けて平和な世を迎《むか》えたことがあった。だが、急に争乱が絶えたことにより、当時、大量にいた傭兵《ようへい》が食《く》い扶持《ぶち》を失うことになる。そのために巻き起こったのが、内乱だった。人間同士で相争い、結果的に新たな魔王に付け入る隙を与えてしまったのだ。

その教訓を生かし、傭兵や騎士に職を与えつつ、徐々《じょじょ》に軍縮を図《はか》っていくのが急務。

各国は積極的に、だが、互《たが》いの足並みに気を配りながら軍縮を始めている——。

「その中で〈英雄〉の一人が騎士団に残り続けていれば、いずれ各国から指摘《してき》を受けることになる——いや、もうすでに何かいちゃもんをつけられているのではないか？」

「…………」

レオンは無言で視線を逸らす。その気まずそうな表情が何よりの答えだった。

魔王撃退《まおうげきたい》の立役者となった〈英雄〉の影響力《えいきょうりょく》は凄《すさ》まじい。

だからこそ、他の国にいる〈英雄〉たちも時勢を読んで軍から身を引いている。居残っている者たちは政治に携《たずさ》わるなど仕方のない理由がある者たちだけだ。その中でエルドだけ軍に残っているというのは筋が通らない。

（それに、問題は国外だけではないしな……）

戦の時代ではなくなった以上、武官よりも文官が重用される。その中で〈英雄〉が発言力を持ちすぎるのはバランスを崩すことになりかねない。

また、過去の栄光だけで高禄《こうろく》を貪《むさぼ》っていてはいずれ、国庫を逼迫《ひっぱく》する。

平和な世界で、〈英雄〉はもはやいらないのだ。

「魔王も滅んで、世の混乱は収まりつつある。丁度いい機会だから、引退させてもらうよ。腰《こし》を落ち着けるのには、いい頃合《ころあ》いだ」

そう言いながら、エルドは懐《ふところ》から紙を取り出す。丁寧《ていねい》にしたためた、辞職の届け出だ。

それをレオンに差し出すと、彼は目を閉じて深くため息をつき。

それを、しっかりと受け取った。

「……エルドは、一度こうと決めたら引き下がらないからね」

仕方なさそうに苦笑いを浮かべるレオンは少しだけ寂《さび》しそうだ。それでも辞表を受け取ると、代わりに封筒《ふうとう》を差し出してくる。

「餞別《せんべつ》代わりに、受け取ってくれ」

「……なんだ？　これは」

「新しい辞令だ。エルドを国際遊撃士《ゆうげきし》に任命する」

「……国際遊撃士？」

聞きなれない言葉に首を傾《かし》げるエルド。レオンは口角を吊《つ》り上げて頷く。

「国を問わない警察のようなものかな。この資格があれば、魔族領を除いて、この世界中のどの国でも入国は可能。かといって、何か働けというわけではない。要するに、エルドの身分を保証するものだと思ってくれればいい」

そこで言葉を切ると、少しだけ苦笑いを浮かべるレオン。

「……実は〈英雄〉たちにはみんな、これを手配している。宰相《さいしょう》からお前の辞意をさりげなく聞いていて、だから急いでこの身分証を用意していたんだ」

「……レオン」

封筒を確かめると、確かにそこには真新しい身分証がある。

木札《きふだ》の表面に刻まれているのは各国への入国の許可を示す、紅《あか》い翼《つばさ》の印——それがあれば魔族領以外ならば、不自由しない。売るつもりはないが、売れば大金に換《か》えることもできるだろう。

どう扱《あつか》っても、損にならない餞別。それに、思わず胸が熱くなってくる。

だが、それを表に出さず、軽い口調で告げる。

「それってもし、有事のときは、僕が引っ張り出されるってことでは？」

「あ、バレたか」

「分かるぞ。何年の付き合いだと思っているんだ」

二人は明るく笑い合う。あくまでもいつもの通りに。

胸から込《こ》み上げてくる万感《ばんかん》の思いを押し殺し、そっとその木札を懐に収める。ただの木のはずなのに、どこか重みがあった。

改めて向き直る。今一度、恭《うやうや》しく拝礼をし、はっきりと言葉を返す。

「では、陛下——謹《つつし》んで任を承《うけたまわ》ります」

「うむ、国の治安の維持《いじ》を頼んだぞ。エルバラード」

二人は視線を交わし合う。親愛と信頼《しんらい》──そして、友情。数年間、培《つちか》ってきた想《おも》いが一瞬《しゅん》のうちに行き交う。エルドの目頭《めがしら》がぐっと熱くなったが、それを堪《こら》えて踵《きびす》を返す。

そのまま、王の部屋を辞そうとすると、ふと、レオンの声が追いかけてきた。

「──なあ、エルド。騎士を辞して、これからどうするつもりなんだい？」

「ああ、山で暮らすつもりだ。のんびりとな」

「そうか。達者でな」

「ああ、レオンも元気で」

もう振《ふ》り返らない。視線を交えず、エルドはその部屋を後にした。

軽い音と共に閉じられた扉。いつも聞いているはずなのに、何故《なぜ》かそれは物寂《ものさび》しく感じた。友の後ろ姿が消えていったその扉を見て、レオンハルトは深くため息をこぼす。

「……寂しくなるな」

確かに〈英雄〉は平和になった今、各国が注視している存在だ。彼らは単なる一兵力ではない。死線を潜《くぐ》り抜《ぬ》けるうちに〈異能〉を身に付けたものも少なくない。

その〈異能〉によっては戦闘《せんとう》能力ではなく、戦争能力にすらなり得る。

だからこそ、各国は他国の〈英雄〉に目を光らせ、事ある事に言及《げんきゅう》する。

そういう意味では彼が身を引くのはいいタイミングだったが――。

(それ以上に……お前は、大切な友人なんだがね)

すでに感じる寂しさにレオンハルトは苦笑いを浮かべる。本当ならどんな交渉《こうしょう》をしてでも引き止めたかった。だけど、友人だからこそそれはできない。

彼は平和な世を願い、戦ってきたことをレオンが二番目によく知っているから。

彼は一番の理解者と共に、一緒に暮らそうとしているのだから。

「――お疲れ様《さま》。エルド」

小さくレオンはつぶやきながら、その机にある書状を手に取った。

(かくして、この国を護り続けた一人の男は、表舞台《おもてぶたい》から姿を消す――か)

彼の英雄譚はもう終わりなのだ。レオンはそのまま辞表をしまおうと引き出しを開き――。

「――ん?」

ふと封筒が二通あることに気づく。受け取ったときには確か、一通だったはずだ。首を傾げながら後ろに隠《かく》されていた封筒を手に取る。

はたして、それは同じ辞表――だが、表書きの筆跡《ひっせき》はエルドのものではない。

見覚えのない辞表。だが、レオンには心当たりがあった。

(……なるほど、エルドが辞《や》めるならキミも辞める。当然だな)

そっと封筒を開き、中の文面を検《あらた》める。几帳面《きちょうめん》に書かれた辞表に目を通し、うん、と一つ頷いてそれの上にエルドの辞表を重ねた。

「二人とも、お疲れ様」

彼はつぶやくと、引き出しを閉じた。その音は英雄譚に終止符《しゅうしふ》を打つように響《ひび》き渡《わた》り——。

「団長、さん、こんにち、は」

そして始まるのは——二人だけの、物語だ。

王の部屋から辞し、廊下を歩いていたエルドを呼び止めたのはか細い声だ。気配なく後ろから掛《か》けられた声に、エルドは振り返って目を細める。

そこに立っているのは、黒衣《こくい》の少女だ。

陽が差し込む窓の脇《わき》。廊下の影《かげ》に埋もれるようにしている。うっかりしていると、見逃《みのが》してしまいそうなほど、その背景に馴染《なじ》んでいる。

だがエルドは一切《いっさい》、見逃すことはない。ただ、少しだけの苦笑いを返す。

「もう少し分かりやすいところで待っていてくれないのか？」

「癖《くせ》、みたいなものです。ご存じ、でしょう」

「ああ、そうだな。密偵《みってい》だものな」

こくん、と小さく頷いた少女は足音を立てずに、滑《すべ》るように暗がりから出てくる。小柄《こがら》でローブを目深《まぶか》に被《かぶ》った彼女《かのじょ》はゆるやかに首を傾げた。

「お仕事、は、終わり、ましたか？」

「ああ、団長としての最後の仕事が終わった――もう、僕は団長じゃない」

「そう、ですか……では、エルドさん」

小さく、淡々《たんたん》とした声。途切《とぎ》れ途切れの彼女の声だが、はっきりと耳に聞こえる。

エルドはそっと彼女のフードに手を掛ける。彼女はそれを遮《さえぎ》らない。なされるがまま、ふわりとフードが落ち、彼女の素顔《すがお》が露《あら》わになる。

眠《ねむ》たげに細められた瞳《ひとみ》。煤《すす》で薄汚《うすよご》れた顔の輪郭《りんかく》は、まだ幼さが少し残っている。表情を動かさず、彼女は小さく唇《くちびる》を動かした。

「お疲れさま、でした。エルドさん」

「ありがと。密偵さんも引継《ひきつ》ぎは終わったのか」

「は、い……全て、つつがなく。辞表も、陛下に」

「へぇ、いつの間に」

「密偵、でしたから」

「そっか、じゃあ」

過去形になった言葉にエルドは一つ頷いてそっと歩み寄った。

顔を少し伏《ふ》せさせる少女。どこか恥《は》じらうように、だけど、ちらちらとエルドに向けられる上目遣《うわめづか》いの視線は、どこか期待を滲《にじ》ませている。

エルドは微笑《ほほえ》みかけ、その髪《かみ》に手を伸《の》ばした。

「――お疲れ様、クロエ」

彼女の名を呼びながら髪を撫《な》でると、彼女はわずかにぴくりと身を震《ふる》わせる。その頰《ほお》をわずかに赤くしながら、小さく吐息《といき》をこぼした。

「……恥ずかし、いです……ね。こうして、いると」

小声でささやくような声は、聞き慣れていた。戦場でも平時でも耳にしてきた声だからだ。だからこそ心地《ここち》よく、もっと聞いていたいと思う。

いじらしい仕草に思わず頰をゆるめながら、エルドは微笑みかける。

「気にするな。お互いに官位を捨てた身分だ」

「そう、ですね……もう、甘《あま》えてもいいんですね」

クロエは遠慮《えんりょ》がちにそっと歩み寄ってくる。視線を上げると、目が合った。

つぶらな瞳が揺れている。熱っぽい吐息と共に、彼女は淡《あわ》い微笑みを浮かべた。

「約束――果たしに行きましょうか」

「ん、そうだな。約束」

それは、かつて生き残った戦場でした約束。

二人だけで生き残り、その中で約束した——淡い、小さな約束だ。それだけをよすがに、エルドとクロエは頑張《がんば》り続けてきたのだ。

「全て終わった暁《あかつき》には——二人でゆっくり一緒に暮らそう」

「大好きな、貴方《あなた》の傍で、ずっと微睡《まどろ》んで、いたいから」

二人で笑みを交わし合い、指を絡《から》めるようにして手を繋《つな》いだ。

これは、全てが終わった後で——。

〈英雄〉と呼ばれた騎士と、〈死神〉と呼ばれた密偵の。

歴史にも記録にも残らない、二人だけの物語だ。

第一話　二人はずっと想い合う

episode 01

吟遊《ぎんゆう》詩人が語る魔王討伐伝に出てくる〈英雄〉は、専《もっぱ》らエルバラードだ。

知勇に富んだ将軍であり、瞬《また》く間《ま》に魔王軍を切り崩した、という語り文句だ。百人斬《ひゃくにんぎ》りも、巨人狩《きょじんが》りも、たった一人の殿軍《でんぐん》で生き延びた——数々の伝説が語られている。

神話の英雄に比肩《ひけん》する戦士——そう言われるほどの、英雄譚の数々だ。

数々の仲間に助けられ、偉業《いぎょう》を成《な》し遂《と》げた〈英雄〉。

だが——どの物語にも、その傍に常にいたはずの少女が語られることはない。

それもそのはず——彼女は、密偵。エルドの影に隠れるようにして、誰にも気づかれず、誰にも語られず、静かに暗躍《あんやく》し続けた。

よくよく史実を見れば、彼女の痕跡《こんせき》を感じ取ることはできる。

エルドの行く先々で相次ぐ事故死、病死、失踪《しっそう》——だが、何一つ不審《ふしん》な点はない死に方。

しかし、何故かその人々に共通するのは、人類に仇《あだ》なす者たちなのだ。

その自然な死に方に誰も疑問を抱《いだ》かない。ただの、偶然《ぐうぜん》だと認識《にんしき》している——それが、クロエの巧妙《こうみょう》な暗殺術とは露《つゆ》とも知らずに。

ごくわずかな者は、さすがにそれが偶然ではないと分かっていた。彼らは何者かによって殺されている、と。だが、そのことを誰一人《だれひとり》も声高《こわだか》に言わない。

誰が殺しまわっているか、全く分からなかったからだ。

裏世界の住民ですら、気づくことができない暗躍。それに彼らはひたすら恐怖《きょうふ》して口をつぐむ。そして、その正体不明の暗殺者のことを彼らはひそかにこう呼んでいた――。

〈死神〉――と。

(それがまさか、こんな少女だとは、誰も思わないだろうな……)

穏《おだ》やかな風が吹《ふ》き渡る丘《おか》。緑の草に覆《おお》われた平原がどこまでも続いている。

その丘を見下ろすようにして、一人の少女が笛の音を響かせていた。穏やかな、のびやかな音色が風に乗って平原に響き渡っていく。

その傍には、数人の子供が座《すわ》っていた。遊びたい盛《ざか》りの子たちであるにもかかわらず、誰もが夢中になって大人しく耳を傾《かたむ》けている。

エルドは思わず表情を緩めながら、穏やかな光景を見守っていた。

やがて、笛の音が余韻《よいん》と共に消え去ると、子供たちが拍手《はくしゅ》と共にはしゃいだ声を上げる。

「クロエお姉ちゃん、すごーい！」

「もっと吹いてっ！」

せがんでくる子供たちにクロエは少しだけ目を細める。表情はあまり動かないが、それでも嬉《うれ》しそうにしているのがよく分かる。

クロエは少し迷うように視線を空に向けてから、ふるふると首を振る。

「今日は、ここまで……日が、暮れる、から」

「ええ……」

「また、吹いてあげる、からね」

クロエはほんの小さく微笑み、子供たちの頭を撫でていく。子供たちは嬉しそうにはしゃいでから、彼女に手を振って丘を駆《か》け下りていく。

その丘の下に見える、村に帰っていく子供たちを見守るクロエにエルドは歩み寄った。

「お疲れ様、クロエ」

「ありがとう、ございます。エルドさん」

そう小声で言う彼女の表情はほとんど動くことはない。

表情を殺すように徹底《てってい》され、いつも無表情。考えていることがよく分からず、どこかぼんやりとしている雰囲気すらある。その雰囲気についい油断してしまい、彼女に殺された者は数知れずいるだろう。

（とはいえ、表情がないわけではないのだが……）

エルドは長い付き合いだ。すぐに彼女のわずかに緩んだ目尻《めじり》に気づいている。

「子供たち、喜んでいたな」

「……は、い。疲れましたが……嬉しい、ものですね」

「村の人たちも喜んでいたぞ、大助かりだって」

視線を丘の下に向ける。そこの村に子供たちはすでに戻っていた。振り返ってこちらに気づいたのか、ぶんぶんと腕《うで》を振ってくる。

エルドは軽く手を挙げ、クロエは遠慮がちに手を振る。それだけで子供たちが嬉しそうに喜んでいるのが分かった。

「……なら、良かったです。頑張った甲斐《かい》が、ありました」

クロエはそう言うと、表情を変えずにただ深い吐息をつく。

「――まさか、子守《こもり》をする羽目になるとは思いませんでしたが」

「でも、大分経《た》ったし、もう慣れたんじゃないか？」

「……慣れは、恐《おそ》ろしいですね」

クロエは心なしか遠い目をしながら、夕焼けに染まりつつある村を見つめる。村の周りにある畑では青々と茂《しげ》った作物が揺れている。

この村の近くに来てもう一年——季節が一周しようとしていた。ゆったりとしていたような、早いような時間が経ちつつある。

それだけの時間があれば、村人たちとの信頼を築くのは充分《じゅうぶん》だ。

（それに——）

エルドは視線をクロエに戻すと、彼女と目が合う。つぶらな瞳がじっとエルドを見つめ、柔らかく揺れる。その視線一つだけで、彼女の気持ちが伝わってくる。

微笑んで手を差しだすと、彼女はおずおずとその手に触《ふ》れる。そして、壊《こわ》れ物を扱うようにそっと手を握《にぎ》ってくる。エルドは包み込むように握り返して笑いかける。

「じゃあ、帰ろうか——僕のお嫁《よめ》さん」

「……はい、旦那様《だんなさま》」

はじらうように、少しだけ視線を泳がせるけど。

しっかりと言葉を返して、手を握り返してくれる。

この平和な暮らしは、村人たちの信頼以上に、エルドとクロエの仲を着実に深めていた。

この村――ルーン村に縁《えん》が生まれたのは、ここに辿《たど》り着く三年前のこと。

当時、この村は魔物の襲撃《しゅうげき》の被害《ひがい》に遭《あ》っていた。近くに、狂暴《きょうぼう》な魔族が棲《す》みついており、住民たちはその被害を受けていたのだ。

その魔族は狡猾《こうかつ》であり、自分の根城の近隣《きんりん》の村から村娘《むすめ》を何人も攫《さら》っていた。その娘を人質《ひとじち》にすることで、村人たちに農耕を強《し》いていたのだ。

自分の娘が人質に取られているとあっては、逆らえず逃《に》げることもできない。

村人たちは必死に魔族のために、農耕や畜産《ちくさん》に勤《いそ》しみ、それを献上《けんじょう》し続けていた。

その情報をクロエが聞きつけ、エルドに報告したのだ。だが、それを知ってもすぐに騎士団は対応に動くことができなかった。

そのとき、人類の国家たちは対魔族同盟を結成。足並みを揃《そろ》えながら、大規模な反攻《はんこう》作戦を警戒《けいかい》していた。この王国も例外ではなく、騎士団を前線に押し上げ、貼りつかせている真っ最中――。

ここで少しでも騎士団を割《さ》けば、その薄《うす》くなった防御《ぼうぎょ》を魔族に突かれる恐れがある上に、手を抜いて楽をしようとしているのではないか、と同盟国から疑われることになる。

非常にシビアなタイミングであり、村を襲《おそ》った魔族はそれを狙《ねら》った狡猾な存在と言えた。

故に、エルドは決断する──クロエを連れ、二人だけで魔族を討伐することを。

彼の行動は迅速《じんそく》だった。影武者《かげむしゃ》を一人立てて素早《すばや》く陣《じん》を抜ける。

そのまま、クロエの手引きですぐに被害を受けた村に潜入《せんにゅう》した。そこで、一か月間潜伏《せんぷく》しながら情報を収集。好機を窺《うかが》った。

そして、村人が魔族に差し出す穀物の中に潜《もぐ》り込み、魔族の根城へ忍《しの》び込む。

そのまま、まんまとその魔族を討ち取ったのだ。

ちなみに、その一か月間、エルドは前線から離《はな》れていたものの、彼の部下たちはそれを悟《さと》らせなかった。同じ陣地にいる味方ですら、エルドがいないことに気づかなかったほどだ。

この作戦が明るみになったのは、魔族との戦争が終わった後。

吟遊詩人がそれを〈幻影《げんえい》作戦〉と称《しょう》し、脚色《きゃくしょく》して語《かた》り継《つ》がれている。

「──その作戦時に、潜入していた小屋でまた暮らすことになるとはな」

「確かに、思いもよりません、でしたね」

村の近くの丘。夕方、クロエが笛を吹いていた場所の近く──。

そこには木立があり、ちょっとした林になっている。その木々に紛《まぎ》れるように、ひっそりと小屋が建っている。

傍から見るとおんぼろな掘立《ほったて》小屋。人が住んでいるとは思えないほど、外観は朽《く》ちている。だが、それはクロエの巧《たく》みな偽装《ぎそう》であり、中はきっちりとしている。

東方の文化を取り入れた、木造建築の内装。磨《みが》き抜かれた板張りの床《ゆか》の中央には囲炉裏《いろり》が作られており、炭が赤々と燃えている。他にも小さいながらの厨《くりや》もあり、二階には二人の寝室《しんしつ》も設けられている。

そこがエルドとクロエの暮らす二人きりの家だ。

その小さな座卓《ざたく》に二人は手分けをして食事を並べていく。エプロン姿のクロエはせっせとごはんと汁物《しるもの》を取り分け、エルドはそれを受け取って箸《はし》と共に並べる。その手際《てぎわ》は慣れていて迷わない。

支度《したく》を終えると、二人は向かい合って腰を下ろした。

「今日もお疲れ様、でした。エルドさん」

「クロエも子守から食事までありがとう。いつも助かる」

「いえ、エルドさんの、ためですから」

そう告げたクロエは表情こそ動かさないが、眼差《まなざ》しが優《やさ》しい。エルドは軽く微笑みを返して竹の箸を手に取る。

「では……いただきます」

「はい、どうぞ」

早速《さっそく》、エルドはクロエの料理に箸を伸ばす。今日は村の方々が子守のお礼にくれた野菜がメインだ。特性のタレを和《あ》えた新鮮《しんせん》な野菜の味わいが口に広がる。

「ん……美味《うま》い」

「それは、よかったです」

クロエは小さく頷き、自身も食べ始める。小さな唇に運び、ゆっくりと咀嚼《そしゃく》。満足げに頷き、ごはんに箸をつけた。

食卓《しょくたく》で二人の会話はない。時折視線を交わし合うだけだ。

だが、それだけでも長い間、時間を共にした者同士。何となく通じ合うものがある。二人はささやかな幸せを噛《か》みしめながら、食事を続けていく。

「……そういえば、エルド、さん」

沈黙《ちんもく》が破られたのは、食事を終えた頃《ころ》だった。

食後のお茶を二人で楽しんでいると、クロエがふと声を掛けてくる。真っ直ぐな視線を見つめ返すと、彼女はまばたきを一つしてから続ける。

「エルド、さんはお子さんは、好きですか？」

「ん、村の子たちはみんないい子で、好きだけど？」

「いえ、そういう、意味ではなく」

ふるふる、と軽く首を振り、クロエは少しだけ視線を泳がせた。お茶を口に運び、言葉を探すようにしばらくの沈黙。

ふむ、とエルドはお茶を口に運びながら言葉を返す。

「仮にだけど……自分が子を育てる、となったら少し考えるかな」

その言葉にぴくりと肩を跳《は》ねさせるクロエ。泳いでいた視線が床に落ち、どこか意気消沈《いきしょう》した雰囲気で吐息をこぼした。それを見つめながら、エルドは言葉を続ける。

「けど……もし、その子がクロエに似ていて」

再びぴくり、とクロエの肩が跳ねる。

「それでもし、僕のお嫁さんが子育てを手伝ってくれるなら……それは大歓迎《だいかんげい》だけどな。辛《つら》いことや苦しいことがあっても、きっと乗り越《こ》えられると思うから」

その言葉にクロエは俯《うつむ》いたまま何も答えない。だが、やがて少しだけ視線を上げると、上目遣いで小さく囁きをこぼした。

「……エルドさん」

「うん？」

「その言い方は、ずるい、です。意地悪、です」

「はは、悪い」

エルドは、クロエの相棒だ。長いこと一緒にいて相手の考えが読める。

だからこそ、エルドは目を合わせたまま、微笑みを浮かべて腕を広げる。クロエは視線を逸らしたまま、膝を擦《す》るようにしてエルドの傍へ。

そのまま、胸板《むないた》に身体を預けるように、小さな頭をすり寄せた。

エルドはその小さな身体を抱《だ》きしめるようにし、膝の上に載《の》せる。小さな頭に手を載せ、髪を梳《す》きながら目を細める。

ずっと傍にいてくれた、愛《いと》しい人。

その小さな肩は同じだけの重さを背負ってくれた。

その小さな手は同じだけの血に染めてくれた。

その小さな足は同じだけの道を歩いてくれた。

同じだけの苦しみも、悲しみも、辛さも一緒に感じてきた。

「……クロエ」

「はい、エルドさん」

「これからも、永久に共に」

その言葉にクロエはこくんと頷く。頬を微《かす》かに赤らめ、瞳を潤《うる》ませながらエルドの顔を見上げると、熱っぽい吐息と共に囁き声を返す。

「もちろんです。私は貴方の——お嫁さん、ですから」

そう告げた彼女は、ほんの少しだけ照れくさそうに微笑んでいて。

込み上げる愛おしさを堪えることができず、エルドは顔を近づける。クロエは全てを受け入れるように瞳を閉じ、微かに唇を突《つ》き出した。

淡い水音と共に、唇が優しく触れ合い、擦れ合う。

これからも傍にいてくれる、愛しい人。

これからも楽しさも、嬉しさも、幸せも一緒に感じていこう。

そんな気持ちを込めて優しく彼女の身体を抱きしめると、クロエは首に腕を絡めて甘いキスを返してくれた。

第二話　二人の他愛なき日常

episode 02

エルドとクロエが初めて出会ったのは、魔王《まおう》との戦いが激化する前。

エルドが騎士《きし》として前線に投入されてしばらくした頃のことだった。

その頃はまだ彼《かれ》は〈英雄《えいゆう》〉として呼ばれていない。だが、その巧みな剣術《けんじゅつ》は一目置かれており、レオンハルトの信頼を得ていた。

だが、それと同時に魔族《まぞく》から警戒され、人類からも妬《ねた》みの対象となる。

そのために彼の元には数多《あまた》の刺客《しかく》が放たれており。


そのうちの一人が、クロエだった。


木立の中で澄《す》んだ金属音が響き渡った。

木の中を影が行き交《か》い、交錯《こうさく》する。白い光がぶつかり合うたびに火花を散らし、千切れた葉が宙を舞《ま》った。地を蹴《け》り、枝を蹴った二つの影が木立の中を縦横無尽《じゅうおうむじん》に駆け巡《めぐ》る。

そのうちの一つ、エルドは地面にひらりと着地すると中段に刃《やいば》を構え、息を整える。その横からがさりと茂みが音を鳴らす。

だが、エルドはそれに見向きもせず、真後ろを振り返りながら斬撃《ざんげき》を放った。

響き渡る金属音。背後から音もなく忍び寄っていた凶刃《きょうじん》とぶつかり合う。

その凶刃の主はエルドの斬撃に弾《はじ》き飛ばされ、だが、すぐにひらりと体勢を立て直して枝の上に立つ。フードを脱《ぬ》ぐと、彼女は目を細めて告げた。

「相変わらず、化け物みたいな、気配察知、ですね」

「クロエこそ、気配を殺した立ち回り、見事だ」

エルドは訓練用の剣《けん》を一振《ひとふ》りしながら笑《え》みを返す。視線を交わせば思い起こすのは、一番初めに刃を交えたときの思い出だ。そのときから二人の戦い方は変わっていない。

相手の気配を読みながら、真っ向からの剣術で戦うエルド。

自分の気配を殺しながら、不意打ちの暗殺術で戦うクロエ。

対極にある戦い方だからこそ、お互いに切磋琢磨《せっさたくま》すべく時間があれば手合わせをし、それは二人が隠居《いんきょ》してからも朝の日課として続けていた。

クロエはフードをかぶり直すと、手にした短刀を構える。

「もう一度、手合わせを」

「ああ、喜んで受けて立とう」

エルドは刃を振って構えを取る。直後、枝の上から溶《と》けるように彼女の気配が消える。
それを目で追いかけることなく、神経を研《と》ぎ澄ませた。

気配はどこからもしない。だが、どこからか虎視眈々《こしたんたん》と狙いを定めているはずだ。
聞こえるのは葉が擦れる音。風の息遣《いきづか》い。土の香り。完全にクロエの気配はこの空間に
溶《と》け込んでおり、捜し出すことはできない。

これが、クロエの戦い方。闇《やみ》に紛れて相手を倒《たお》す暗殺術。本気の彼女を捉《とら》えることは、
熟練の戦士であっても難しい。

だからこそ、五感に頼《たよ》らない。直感で彼女の気配を感じ取る。
深呼吸を一つ。神経をさらに研ぎ澄ませていき――。

不意に、空を切る音が響き渡った。

反射的に振り返り、視線を向けながら刃を振り抜き――飛来するそれに目を見開いた。

（石礫《いしつぶて》……っ！）

放たれた三つの石礫。気を引くための攻撃《こうげき》、だが、無視はできない。
かといって避《さ》ければ姿勢を崩《くず》してしまう。そうなれば、一瞬《いっしゅん》でクロエがどこからか奇襲《きしゅう》
を仕《し》掛《か》けてくるだろう。エルドは一瞬で状況《じょうきょう》を掴《つか》むと、刮目《かつもく》と共に地を踏《ふ》みしめ。

刃を振り抜き、石礫を斬《き》った。

たった一閃《いっせん》の刃が、三つの石を真っ二つに裂《さ》く。その剣技に動揺《どうよう》したのか、微かに乱れた息遣いが背後から聞こえる。流れるようにエルドは刃を返した。

背後に放たれた、迷いなき斬撃。それは紛《まぎ》れもなく、気配なき影を捉えていた。

「――ッ！」

咄嗟《とっさ》にクロエは両手の刃を前で交差。斬撃を受け止めるが、エルドはそれを押《お》し切るようにさらに踏み込む。その防御を崩すと、ひらりと刃を鮮《あざ》やかに返して斬り上げ。

ぴたり、と彼女の顎《あご》先に刃が添《そ》えられた。

「……お見事、です」

クロエが小さく言葉を返し、困ったように首を傾げた。

「さすがエルド、さん。不意を突いた、と思ったの、ですが」

「あの石礫か。見事な奇襲だったが、こちらも場数は踏んでいるからな」

エルドは刃を下ろすと、軽く一振りして鞘《さや》に剣を納める。クロエは小さく肩《かた》を竦《すく》めると、足元に転がっている石礫を拾い上げた。

それは見事に芯《しん》から真っ二つになり、断面は鏡のように輝《かがや》いている。

その表面に指を走らせ、むぅ、とクロエは唇を尖《とが》らせる。

「――斬って、いる。力任せに、砕《くだ》いて、いない。一体、どうやって」

「まぁ、コツだな。斬りやすい場所があるんだが、それに沿って斬るだけだ」

そう言いながらエルドはクロエに、投げてみて、と視線で合図する。彼女は一つ頷《うなず》き、空に向かってその石を投げた。それを見てエルドは半身になりながら腰の剣に手を添え、鯉口《こいぐち》を切る。ちきり、と微かに音が鳴り響き。

瞬間《しゅんかん》、居合抜きに刃を放つ。宙を裂いた一閃が、石礫を捉えた。

刃を振り抜いた残心で止まるエルド。その視線の先で石礫は宙で二つに分かれながら地面へ転がっていた。それを見てクロエは無表情のまま、小さく吐息をこぼした。

「理解、できません、でした」

どうやら呆《あき》れているらしい。苦笑いをこぼしながらエルドは肩を竦める。

「もう少しコツを言うなら――そうだな、料理と同じだ」

「料理……？」

「ああ、肉を斬るとき、筋肉の繊維《せんい》の筋に沿って刃を入れるだろう？　あの要領だ」

「……あれと、同じ、ですか？」

「まぁ、似たようなもの。何かを斬るときは意識してみるといい」

「……参考に、します」

クロエは心なしか真剣《しんけん》な表情で頷き、地面に落ちた石礫を拾って眺《なが》めている。エルドは剣を鞘に納めながら内心でひっそりと思う。

（ま、それ以外にも斬れる要因はあるのだが）

その一つはエルドの剣だ。彼の剣は斬撃に特化するために、東方風の片刃《かたは》の剣を参考にしている。彼の〈異能〉に耐《た》えられるように鍛《きた》えられた特注品だ。

この剣でなければ、仮に正しい斬り方《かた》をしても剣の方が砕けてしまうだろう。

（とはいえ、クロエならすぐにコツを掴みそうだけど）

そのクロエは綺麗《きれい》に斬れた石礫をそそくさと袖《そで》の中にしまっていた。子供が宝物を隠すような仕草に表情を緩《ゆる》めながら、エルドは彼女の頭にぽんと手を載せて笑いかけた。

「手合わせ、ありがとう。いい運動になった」

「こちら、こそ。やはり、エルドさんではないと、戦いになりません」

「僕《ぼく》の相手も、クロエくらいしか務まらないけどな」

「次は、石を、斬れるように、訓練します」

「ああ、楽しみにしている。それでこそ、僕の相棒だ」

そう言いながら労《ねぎら》うようにクロエの頭を撫でる。彼女はくすぐったそうに少しだけ目を細め、もっと、と催促《さいそく》するように頭を彼に寄せてくる。

エルドは軽く肩を抱き寄せ、その頭をひとしきり撫でてから告げる。

「そろそろ、家に戻《もど》ろうか」

「そう、ですね」

クロエはこくんと頷くと、数秒間だけエルドの胸に小さな頭を押し付けてから身を離す。

名残惜《なごりお》しそうな仕草にエルドは表情を緩ませ、彼女の頭から手を下ろす。

そして、その手で彼女の小さな手を捕《つか》まえ、指を絡ませる。

それにクロエは微《かす》かに目を見開き――やがて、視線を逸《そ》らしながら身を寄せる。

ぎこちない腕の組み方。だけど気にせず、エルドは微笑みを返した。

「それじゃあ行こうか。お嫁さん」

「は、い……旦那様《だんなさま》」

クロエはいつものように表情を動かさない。だけど、その耳は隠し切れないくらい真っ赤に染まっていた。


密偵であるクロエは、表情を顔に出さない。

それは意識して行っていることはなく、もはや癖のようなものだった。

戦いはともかく、殺しには感情は不要だ。相手がどんなに命乞《いのちご》いをしようとも、一片《いっぺん》の憐憫《れんびん》すら見せず速《すみ》やかにその命を絶たなければならない。

だからこそ、クロエは無表情。感情を表に出すことはない。

その感情を唯一《ゆいいつ》見せるとするならば――それは、この人の前だけだ。

（……それに、しても、相変わらず……どきどきさせて、くる人）

クロエはその唯一の例外であるその人の腕を軽く抱きながら歩く。

普段《ふだん》はあまり動くことない感情は、彼のさりげない言葉で揺《ゆ》れ動かされていた。普段は落ち着いている胸の鼓動《こどう》もどくどくと脈打って暴れている。

先ほどまでの運動でも、ここまで鼓動が高まることはなかったのに。

（……最初のときから、彼は私の心を、乱してきた）

最初、依頼《いらい》を受けたクロエは刺客として彼を襲撃した。

すでにそのときには数多の刺客が放たれ、退けられていた。だからこそ念には念を入れ、単独行動をとった彼を新月の夜に強襲《きょうしゅう》した。

だが、彼はその気配を察知し、闇の中で互角《ごかく》に斬り渡ってみせた。

その後も彼女は彼に暗殺を仕掛け、水面下での暗闘《あんとう》を繰《く》り広げる。だが、エルドはそれを苦戦しながらも互角に戦い、何度もクロエの凶刃を退けた。

それに痺《しび》れを切らしたのは、クロエの雇《やと》い主《ぬし》だった。

雇い主はエルドとクロエが戦う建物に火をかけ、二人諸共《もろとも》、抹殺《まっさつ》しようとしたのだ。クロエも四方からの炎《ほのお》には太刀《たち》打ちできず、煙《けむり》に巻かれて倒れてしまう。

それを助け出したのは、エルドだった。

クロエをあっさりと担《かつ》ぎ上げると、建物の柱や壁《かべ》を斬り拓《ひら》き、そのまま業火《ごうか》の外へと彼女を救助した。そのまま、包囲していた刺客すら斬り捨て——。

そして、助け出したクロエに手を差し伸べてくれた。


『僕と契約《けいやく》して、相棒になってくれないか？』


クロエはそのときのことをはっきりと覚えている。

敵同士として戦い合った、エルドのひりつくほどの殺気を。

炎の中で取り残されたクロエを助けてくれた、エルドの必死な表情を。

クロエを裏切った刺客たちを斬り捨てた、エルドの凍《い》てついた視線を。

クロエに手を差し伸べてくれた——エルドの、困ったような笑顔《えがお》を。

最初から彼の行動はクロエの想定を上回り、惑《まど》わせてきた。

そのたびに心が乱れてしまう。こんな相手は今までいなかった。

だからこそ、彼女はエルドの手を取り、専属の契約を結んだ。

そして、数多の戦場を彼と共に戦うことになったのだ。

「……本当に……エルド、さんは……困った人です」

思わず言葉をこぼすと、隣《となり》を歩くエルドは苦笑いをこぼして首を傾《かし》げる。

「なんだ？　いきなり」

「出会ったときから、今日に至るまで、私のことを、困らせるので」

その言葉にエルドは少しだけ嬉しそうに表情を緩め、しみじみとした口調で言う。

「そっか、困ってくれるか」

「はい……心から本当に」

密偵《みってい》であるクロエは、感情を表に出さない。

心にある感情を表に出すことなく、仕事を粛々《しゅくしゅく》とこなす。

それを困ることもないし、悩《なや》むことすらない。

だから。

「……こんなに困らされて、悩まされるのは、エルドさんだけ、です」

「……そっか」

エルドは噛みしめるようにつぶやくと、真《ま》っ直《す》ぐな視線をクロエに注ぐ。その視線は優しくて温かくて――クロエは目を奪われてしまう。気づくとそっとその頬に手が添えられていた。

大きな掌《てのひら》が、すっぽりと包み込《こ》んでくる。

「なら、もっと困らせてもいいか?」

その低い声にまた胸が高鳴ってしまう。クロエはその感情を表に出さないように必死に視線を逸らしながら、素っ気なく言う。

「……好きに、してください」

そして目を閉じると、優しい彼の感触《かんしょく》が唇《くちびる》に広がる。

それだけでぞくぞくとした刺激《しげき》が背筋から上っていく――密偵の矜持《きょうじ》が、ぐちゃぐちゃにされてしまう。

本当に、困った人だ。

「エルドさん」

クロエが声をかけてきたのは、いつもの朝の日課を終えた時間だった。剣を研いでいた彼は視線を上げると、厨の方からクロエがひょいと顔を出す。

作業しやすいように紐《ひも》で前髪《まえがみ》を押さえた彼女《かのじょ》はゆるやかに首を傾げる。

「明日、特に用事、はないですよね？」

「ん、そうだな。特別、急いでやることはないか」

二人の日々の暮らしは、まさに晴耕雨読。小屋の傍《そば》の畑を耕し、雨の日は書物に目を通してゆっくりと休む。時々入る予定といえば、狩《か》りに行くか、村の子供たちを預かるかだ。

明日はどの予定も入れていない。

「狩りでも行くのか？」

「いえ、そうでは、なく。少し買い物に、行きたいな、と」

「買い物」

おうむ返しに訊《たず》ねると、はい、と彼女は無表情でこくんと頷く。

「ここに落ち着いて、しばらく経った、ので……香辛料《こうしんりょう》を揃え、ようかと」

「ああ……確かに、必要最低限しか揃えていないからな」

この小屋にある調味料は少なく、山で採ってきた岩塩や香草《こうそう》しかない。それでもクロエはいろいろと工夫《くふう》を凝《こ》らし、飽《あ》きのこない料理を作ってくれた。

それもそのはず、クロエは料理が上手だ。

戦場で何度も彼女の野戦料理を食べさせてもらったが、それはどれも戦場で食べているとは思えないほど絶品なのだ。

思い出しただけで思わず唾《つば》が湧《わ》き出てくる。エルドは剣を脇《わき》に置きながら頷いた。

「分かった。けど、香辛料なんてどこで買うんだ？」

「ケネス、から聞いたの、ですが、明日、行商が来るらしいです」

ケネスはエルドたちがよく面倒《めんどう》を見る男の子だ。エルドはなるほど、と一つ頷く。

「じゃあ、明日は村に出向くとするかな。行商を見るのも初めてだし」

「時期が合いませんでしたから、ね。いろいろ買い取りも、してくれる、らしいです」

「なら、何か持っていくか」

エルドの声にクロエは、はい、と頷いて囲炉裏の傍の床板《ゆかいた》に手を添えた。軽く動かすとそこの床板だけが外れ、その下から床下《ゆかした》収納が顔を覗《のぞ》かせる。

土を掘《ほ》り、石を積んで作った石倉だ。そこにはエルドとクロエが時折山に入り、狩《か》った獲物《えもの》や保存の利《き》く食材がしまってある。どういう仕組みなのか風通しがよく、中がひんやりとしているのだ。

クロエはそこに上半身を突っ込み、中を確かめながら言う。

「……丁度いいのは、毛皮、でしょうか」

「ああ、それはいいな。毛皮は増えるばかりだし」

一部は冬用の毛布などに仕立てているが、食料として消費する肉に比べると、なかなか減らず石倉の中を逼迫《ひっぱく》させてしまう。ここで金に換《か》えるのもいいかもしれない。

(それなら、お金がかかる香辛料の費用にもなるからな)

クロエは中に手を突っ込み、魔狼《まろう》の毛皮を引っ張り出しながら振《ふ》り返る。

「これを、持ちましょう、か」

「ああ、そうしよう。僕が持っていくよ」

「お願い、します。これを、売れば、いろいろ買い足すお金に、なります」

「香辛料以外に、何か買いたいものはあるか?」

「鉈《なた》、とか買っておきます、か?」

その後、エルドとクロエはしばらく相談し合い、何かを買うかを決めた。打ち合わせをするクロエは心なしか楽しそうだった。

翌日、エルドとクロエは村に下りると、そこはいつもよりも賑《にぎ》わっていた。

村人たちが畑にもいかず、広場に出て楽しそうに話している。その中心にあるのは大きな荷馬車だ。その周りを囲むように商人たちが筵《むしろ》を広げている。

「……行商が来るだけで、随分《ずいぶん》と賑わうものなんだな」

「そりゃそうさ。ここじゃ手に入らないものを届けてくれるからな」

クロエに掛《か》けた言葉に答えたのは、陽気な男の声だった。

振り返ると、日焼けした中年の農夫が屈託《くったく》のない笑顔と共に手を挙げる。

「よう、エルドさん、クロエさん。買い物に来てくれたのか？」

「こんにちは、グンジさん。ええ、今回は予定が合ったので」

エルドが挨拶《あいさつ》する一方で、クロエは彼の陰《かげ》に隠《かく》れるようにして会釈《えしやく》する。グンジはおう、と軽く頷くと、荷馬車の方を視線で示して言う。

「そういや、エルドさんたちは王都にいたことがあるんだっけな。俺《おれ》たちの村だと王都ほど物がないからな。行商がこうして荷を売りに来てくれる。村人たちも待ちに待った日だから、今日は農作業もそこそこにお祭り騒《さわ》ぎだ」

確かに今日は昼間から村人たちが集まっている。行商もそれが分かっているのか、いろいろな商品をここぞと売り込んでいるようだ。

子供たちもはしゃぎ、楽しそうな雰囲気《ふんいき》に思わずエルドは目を細める。

「それならもう少し早く来ておけば良かったですね」

「なら、今日その分楽しめばいい。いろいろ売っているぞ」

「じゃあ香辛料とかも？」

「ああ、まぁ、扱《あつか》っていると思うが……おい、みんな、退いてくれ。エルドさんが買い物したいってよ」

グンジさんが声を掛け、行商人の周りに集まる村人に退いてもらう。エルドは軽く会釈をし、クロエの手を引きながら荷馬車へと近づく。

筵《むしろ》の上に腰《こし》を下ろす商人は近づく彼らに気づき、片眉《かたまゆ》を吊《つ》り上げた。

「おや……見慣れない方ですね」

「一年前にこっちに引っ越してきたエルドさんだ。山の方に住んでいて、今回はたまたま村まで来てくれたんだ」

「どうも。こっちは妻のクロエです」

「……どう、も」

ぎこちなく一礼したクロエは、エルドの傍にくっついて離れない。その様子にグンジは笑みをこぼしながら商人に声をかける。

「まだ初々《ういうい》しい夫婦《ふうふ》なんだ。少し負けてやってくれないか？」

「そのようですな。いや、若かりし頃を思い出します」

中年の二人が朗《ほが》らかに笑うのを聞き、エルドは微妙《びみょう》な苦笑いを浮《う》かべた。

（そういう可愛《かわい》い理由ではないんだよな……これは）

クロエがエルドに引っ付いているのは、彼の影に隠れるためである。

エルドは鍛えられた身体である以上、どうしても目立ってしまう。その存在感に隠れることでクロエは限りなく気配を薄くしているのだ。

密偵や暗殺者として、エルドの片腕《かたうで》を担《にな》ってきた彼女ならではの立ち位置なのだ。

そうとは知らない行商は胡坐《あぐら》の膝《ひざ》を叩《たた》き、景気よく言う。

「分かりました。ではこのルーク、精一杯《せいいっぱい》勉強させていただきましょう」

「ありがとうございます。ではまずは香辛料の方を」

「ほほう、香辛料ですか。エルドさんはお目が高い」

行商ルークは機嫌《きげん》よく一つ頷くと、腰を上げて荷馬車へと足を向ける。その中から一抱《ひとかか》えの木箱を取り出すと、大切そうに地面に置いた。

「さて、と……どちらをお買い求めになりますかな」

ルークはそう言いながら木箱を開ける。そこに入っているのは粉末が入った瓶《びん》。エルドから見れば何が何だか分からない。

だが、クロエは一目で理解したようだ。くい、と袖を引いてくる。

耳を寄せると、彼女は欲《ほ》しい香辛料を小声で耳打ちしてくる。エルドは頷くと、そのままルークに伝える。

「山椒《さんしょう》と、黒胡椒《くろこしょう》。芥子《けし》と、胡麻《ごま》もいただけますか？」

「ほほう、一目で分かりますか」

「ええ、妻がその手の目利《めき》きが得意で」

「なるほど、ではお値段も勉強させていただかねば」

ルークは手際よく小瓶《こびん》を取り出し、中身を確かめる。それから少し思考を巡らせ、口を開いた。告げられた価格はやはりというべきか、かなり高い。

（まぁ……香辛料は王都でも高かったからな）

むしろ、それと同じくらいの価格。この集落まで運んで来てくれることを考えると、良心的な価格とも言えるだろう。商人としては、信頼《しんらい》できる人かもしれない。

エルドはそう判断してクロエに視線を向けると、彼女は頷き返して前に進み出た。小瓶をもう一度眺めてから遠慮《えんりょ》がちに言う。

「もう少し、勉強、できる？」

「む……それは、それは……こちらも商売でございますので」

「な、ら……エルド、さん」

クロエの声に考えを察する。エルドは一つ頷くと、担いできた荷物を下ろして中身を取

り出す。それを見てルークはほう、と声を上げた。

「狼《おおかみ》の毛皮……なかなかの大きさですな」

「勉強、してくれれば、この毛皮を、卸《おろ》す……どう？」

「……む、むむ……手に取っても？」

「ええ、構いません」

エルドが毛皮を手渡《てわた》すと、ルークは愛想《あいそ》のいい表情から一転、真剣な表情で懐《ふところ》から片眼鏡《かためがね》を取り出す。毛皮の品質を見極《みきわ》め、裏返してじっくりと眺める。

「……処理の仕方もいい。エルドさん、ひょっとして狩人《かりゅうど》ですか？」

「まぁ……そんなところです」

実際に処理をしたのは、クロエなのだが。

適当にごまかすと、ルークはその毛皮をじっくりと眺めてから視線をエルドに向ける。

「……ちなみにこれを定期的に卸すことはできますかな？」

「そう、ですね。獣《けもの》がいれば狩れます。山の調子次第《しだい》ですが」

「なるほど、でしたらこれからも卸していただけるのであれば、私どもも勉強しましょう」

真剣な顔をしたルークがその言葉と共に告げたのは、先ほどの価格の半分。

思い切った値下げにエルドは目を見開いて訊ねる。

「そ、そこまで勉強されなくても……」

「よいのです。この毛皮を定期的に入荷《にゅうか》できるのであれば、むしろこちらは黒字になります。今後ともよい関係を築くためにも、ぜひこの価格で」

ルークの力強い言葉に、エルドは思わず一つ頷き、苦笑いをこぼす。

「ならば、次は多めに毛皮を用意しなければなりませんね」

「そうしていただければ値下げした甲斐《かい》がございます」

そう言いながらルークは小瓶を丁寧《ていねい》に包みながら、その瞳《ひとみ》の奥《おく》を輝かせる。

「ちなみに——お二方はお料理がお好きですかな？」

「私というよりは、妻がですが……」

「では奥様《おくさま》……油はいかがですか」

その言葉にクロエは表情を動かさない。だが、微かに視線が動いた。

「……何の、油？」

「さまざまに取り揃《そろ》えています。植物ならば椿《つばき》、菜種《なたね》、亜麻《あま》、胡麻……」

指折り数えるルーク。その言葉を聞くたびに、クロエの視線がだんだんと鋭《するど》くなる。だが、ふと気づいたようにエルドに視線を向けた。

気遣《きづか》うような視線に、エルドは苦笑いを返す。

「気にするな。欲しいものがあればいくらでも」

「でも、エルド、さん……」

「その分、いいご飯を作ってくれればそれでいい。夕ご飯、楽しみにしている」

その言葉にほっとしたように目尻《めじり》を緩めると、クロエはルークに向き直った。

「……見せて、いただいても？」

「ええ、もちろんですとも」

ルークは自信満々に告げると、景気よく膝を叩いて見せる。

「この行商ルーク、香辛料から装飾品《そうしょくひん》まで幅広《はばひろ》く商《あきな》っております。どうぞ、何なりとお申し付けください」

その後、しばらくクロエはルークが出す品々を吟味《ぎんみ》していた。

クロエは真贋《しんがん》を見極める目利きも鋭い。劣《おと》っているものは一瞬で判断するが、彼女が長く検討するということはそれだけ良い品が揃っているということだ。

いつにもまして真剣な彼女の横顔を眺めていると、グンジが軽く肩を叩いて言う。

「奥さん、料理が好きだったんだな。エルドさん」

「ええ、昔からいろいろ振舞《ふるま》ってもらっています」

「羨《うらや》ましい限りだな。ウチのカミさんなんかいつも同じ煮物《にもの》だ」

「グンジさん、聞かれていたら飯抜《ぬ》きにされてしまいますよ」

「おっといけね」

グンジの笑顔につられてエルドは笑みをこぼしてクロエを見つめる。油の瓶を眺める彼女は興味がなさそうに無表情。だけど、その目は楽しそうに輝いている。

ルークにもそれが伝わっているのか、彼はどんどんいろいろな品を出している。

「そういえば、エルドさんも何か買っていたみたいだが」

「ええ、少しだけ刃物《はもの》と砥石《といし》を買い足しまして」

エルドはそう答えながら他の筵へ視線を向ける。そこに広げられた品々は確かに幅広い品ぞろえだ。服や酒だけでなく、貴金属や装飾品なども売っている。そこでいくつか短刀を買った。

焼きが甘《あま》く脆《もろ》そうだが、しっかりと研いで使えば日常遣《つか》い程度にはなりそうだ。

他にも行商が持ち込んだ商品は目を引くものがたくさんあり、なんだかんだでエルドも買い物を楽しめた。だが、クロエの物色はまだ終わらない。見ている限りだと、値引き交《こう》渉《しょう》をしているようだが――。

「お、終わったみたいだな」

「そうですね」

クロエがエルドを振り返り、こくんと頷く。微かに眉尻《まゆじり》を下げ、すまなそうに歩み寄ってきた。

「すみま、せん、時間がかかって、しまって」

「大丈夫《だいじょうぶ》だ。心行くまで買い物できたか？」

「……少し、買い過ぎてしまったかもしれません」

そういう彼女はルークの方に視線を向ける。彼はせっせと大きな麻袋《あさぶくろ》に荷物を詰《つ》めている。一抱《ひとかか》え程《ほど》ありそうな荷物にエルドは苦笑いをこぼした。

「大丈夫だ。全部、僕が持って帰るから」

「私も、持ちます」

「ん、じゃあ二人でだな」

視線を交わし合い、目だけで笑い合う。そこにルークがほくほく顔で荷物を運んでくる。

エルドは懐から巾着《きんちゃく》を取り出そうとするが、行商は首を振る。

「お代は結構です。あの毛皮と交換《こうかん》という形でいかがでしょうか」

「それは……安すぎませんか？」

思わず眉を寄せ、クロエの方を見る。彼女はエルドを見つめ返すと頷いた。

「大分、値引いて、もらったけど……大分、値段が、張ったはず……」

「よいのですよ。先ほども申し上げました通り、あの品質の毛皮をいただけるのであれば、この分の赤字は安いものです」

ルークは朗らかに笑いながら、麻袋を手渡してくる。エルドはそれを受け取ると、少し迷ったが一つ頷いた。

「分かりました。ではまた次の行商の際に」

「その際には良き毛皮を期待しております」

「……分かっ、た。任せて」

エルドとクロエににこりと笑みを返すと、ルークは深々と一礼してくれる。それに見送られ、二人は自然と手をつなぐと広場を後にした。


「お待たせ、しました、エルドさん」

その日の夕餉《ゆうげ》は豪華《ごうか》だった。

具材を挟《はさ》んでスライスした、見た目もいろとりどりなパンを前にし、思わずエルドは目を見開く。クロエはお茶を差し出しながら告げる。

「今日は、頑張《がんば》って、みました」

「ああ……これはすごいな。いただいても？」

「どうぞ、召《め》し上がれ」

クロエが腰を下ろすのを見てから、エルドはパンに手を伸《の》ばす。黄色と緑が挟まったパンを手に取り、恐《おそ》る恐る口に運ぶ。

ふわふわのパンの食感と共に、さくっと淡《あわ》い歯ごたえ。同時に口に広がるのはぴりりと辛《から》い香辛料の風味。後から野菜と卵の味わいがふんわりと広がってくる。

今までにない味わいに思わずエルドは目を見開いた。

「なんだ、これは……すごく、美味《おい》しい」

「野菜を油で揚《あ》げたものと、炒《い》った卵を挟み、ました。パンは炭火で軽く焼いて、います」

「なるほど……何かソースが入っているのか？」

「野菜を揚げるときに、小麦の衣《ころも》をつけました。それに、香辛料を練《ね》り込んで」

「なるほど……よく考えられている……」

感心しながら二つ目のパンに手を伸ばす。思わず次が食べたくなってしまうほど美味しい食事に手が止まらない。そうして口に運んだパンの味に目を見開く。

「お……こっちは味が違《ちが》う」

「風味を変えて、みました。そちらはいかが、ですか？」

「これもなかなか。これは芋《いも》と……チーズか？」

「ご明察です。チーズやバターも売ってくれました」

「まさか、こんな村で食べられるとはな」

ほくほくとした芋の味わいと微《かす》かに交じっているチーズの塩気がたまらない。つい手が止まらなくなり、次の一個を。それを見てクロエも手を伸ばし、パンを食べ始める。

しばらく夢中で食べていると、ふとクロエの優《やさ》しい視線に気づく。

「ん……もう、クロエはいいのか？」

「はい、もうこれで最後、ですから」

彼女はそう言いながら、パンのひとかけらを口に運ぶ。その声で初めて目の前の皿からパンがなくなっていることに気づく。

エルドも最後のひとかけらを口に運ぶと、彼女がすっと膝を擦《す》って傍に寄ってくる。そのまま指先を伸ばす。

「エルドさん、口元」

「ん、あぁ、悪い」

すっと彼女の繊細《せんさい》な指先が伸び、唇をそっとなぞる。そうして掬《すく》い上げたパンくずを彼女はひょいと食べる。微かに頬《ほお》を染め、彼女は目を少し細めた。

エルドは少し照れくさくなって笑《え》みをこぼすと、お茶に手を伸ばす。

「ありがとうな、こんな美味《うま》い料理を」

「い、え……エルドさんの、ため、ですから」

そう告げるクロエの口調は素っ気ない。

表情も動かさず、他の人から見れば愛想がない、クールな女性に見える。

だけど、よく見ればその目尻は嬉《うれ》しそうに緩んでいて、頬もわずかに赤い。心から喜んでくれているのがよく分かる。

クロエは、感情を表に出さない。だけど、それは感情がないわけではないのだ。

だからエルドは笑みを浮かべて手を伸ばし、その頭を撫《な》でる。

彼女はくすぐったそうに微かに目を細めるが、エルドの視線に気づくとごまかすように視線を逸らして言う。

「……そういえば、エルドさん、何か、買われていましたね」

「ああ、いくつか短刀とか砥石だけどな」

エルドは傍にあった荷物を引き寄せ、その中を探《さぐ》る。クロエはいそいそとその場で正座をすると、遠慮がちに寄り添いながら手元を見る。

「……短刀と、いっても少し、大振《おおぶ》りですね」

「鉈に近いかな。剣《けん》では用が足せない部分をな」

「確かに、よろしいかと」

「それと……」

少し迷ったが、エルドは布袋《ぬのぶくろ》に手を突《つ》っ込み、中から小袋を取り出す。それをそのまま、クロエへ差し出した。クロエはまばたきをしながらそれを受け取る。

「これは？」

「クロエに。開けてみて」

「は、い……」

袋を開け、中から細長いそれを取り出す。掌に載《の》せられたそれを見て、クロエは微かに目を見開いた。

「これ、は……髪飾《かみかざ》り？」

「ああ、組紐《くみひも》、とでもいえばいいかな」

その手にあったのは藍色《あいいろ》に染め付けられた紐だった。リボンほど華美《かび》ではないが、味わい深い色合いをしている。手に取ったとき、肌触《はだざわ》りもよかった。

「クロエ、作業しているときにいつも前髪を紐で括《くく》っているだろう？」

「あ……はい、確か、に」

彼女は髪を短く切り整えているが、料理するときは鬱陶《うっとう》しくないように前髪を紐でまとめている。だが、それはどこでも手に入る麻紐《あさひも》だ。

だからと思い、クロエが買い物している間に装飾品を見繕《みつくろ》っていた。

「思えば、そういう装飾品の類は一度も贈《おく》ったことがなかったからな」

「それは……仕方、ありません。私個人、そういうのは好みません」

「ああ、知っている。けど、一回着飾《きかざ》っていたことがあっただろう？」

「……ああ、夜会のときですね」

クロエはまばたきをし、口《くち》の端《は》をほんのわずかに吊り上げた。

彼女が思わず苦笑いをこぼすのも無理はない。それはかなり懐《なつ》かしい思い出だ。

今から三年前、徐々《じょじょ》にエルドが〈英雄《えいゆう》〉としての戦功を立て始めた頃《ころ》、隣国《りんごく》との同盟を祝して夜会が開催《かいさい》され、エルドも〈英雄〉としての知名度を生かすべく、王命で参加していた。だが、その中の一部には彼《かれ》の命を狙《ねら》う刺客《しかく》がいた。

その情報を直前で掴《つか》んだクロエは急遽《きゅうきょ》、その夜会に参加したのである。

「突然《とつぜん》、でしたから、お見苦しい、姿をお見せしたかと」

「いや、今思い出しても見事な着こなしだったな」

「……思い、出さないでください」

拗《す》ねたような口ぶりで視線を逸らすクロエ。だが、エルドの記憶《きおく》にはそのときのクロエの姿を思い出すことができる。

黒髪《くろかみ》を髪飾りでまとめ、漆黒《しっこく》のドレスに身を包んだクロエは淡い化粧《けしょう》をしており、地味過ぎない可憐《かれん》さを演出していた。夜会に入り交じっていても遜色《そんしょく》ない、貴族の淑女《しゅくじょ》のような立ち振る舞《ま》いにエルドは一瞬《いっしゅん》クロエとは気づかずに目を奪《うば》われたくらいである。

ただし、そのときに身につけていたネックレスには鋼糸、指輪には刃物、髪飾りには短刀が仕込んであり、どこからの刺客にも対応できるようにしていた。実際、エルドと協力して人知れず夜会の裏側で刺客を始末していたのだ。

「着飾るのが苦手なのは、知っているけど。でも、折角《せっかく》ならつけて欲しいな」

「……でも、勿体《もったい》ない、気がします……柔《やわ》らかい、ですし」

「確かに、あのときとは違って鋼糸も何も仕込んでいないからな」

おっかなびっくり触《ふ》れているクロエに、エルドは苦笑いと共に続ける。

「けど、丈夫《じょうぶ》な布に花の染料《せんりょう》で染めているんだ……その使っている花の花言葉が、クロエにぴったりだったから」

「……何の花で染めて、いるんです、か？」

「ユーラの花。知っているか？」

その言葉にクロエは微かに嬉しそうに目尻を緩《ゆる》めた。なるほど、と彼女は囁《ささや》く。

「昔、とある武人、を支えた忍《しのび》、の名からつけられた、花の名前です。その意味は——〈陰《かげ》ながら支える〉でした、よね」

「詳《くわ》しいな。クロエ」

「薬草を、調べるうちに、詳しくなっただけ、ですが」

クロエはそう言いながらそっと大事そうに組紐を押《お》し頂《いただ》いた。そのまま、顔を背《そむ》けると前髪を軽く弄《いじ》り始めた。エルドは囲炉裏《いろり》に身体を向け、炭を弄ってクロエを見ないようにする。

やがて身動きが終わり、ちょん、と軽く肩《かた》に触れてくる感触。

それに視線を戻《もど》すと、クロエはすでに髪を括り終えていた。それだけでなく、前髪を軽く編み上げており、普段とは印象が違って見える。

少し顔を伏《ふ》せていた彼女は上目遣《うわめづか》いでエルドに小声で訊ねる。

「どう、ですか？」

「ああ、似合っている。かわいいぞ」

「そう……ですか」

その率直《そっちょく》な誉《ほ》め言葉に少しだけ落ち着かなさそうだったが、クロエはやがて視線を上げて小さく表情を緩ませる。まるで花咲《はなさ》くような小さな笑顔と共に、彼女は囁く。

「ありがとう、ございます。エルドさん……嬉しい、贈り物です」

「あ……ああ」

久々に見た彼女の笑顔。それに思わず胸が高鳴り、目が奪われてしまう。その瞳をじっと見つめると、彼女の頬が淡く朱《しゅ》に染まっていく。

そっとクロエの小さな手は胸板《むないた》に当てられ、彼に体重を預けてくる。その肩をそっと優しく抱《だ》き寄せると、二人の距離《きょり》は徐々に縮まり、やがてゼロになった。

唇が触れ合う。軽く擦れただけなのに、そこから甘い刺激が迸《ほとばし》り、徐々にエルドの理性を崩《くず》していく。ん、とクロエも微かに声をこぼすと、物欲《ものほ》しげに瞳を揺《ゆ》らして見つめてくる。

それに応えるように唇を押し付け、薄《うす》く開いた唇から舌を差し込む。柔らかく熱い彼女の口腔《こうこう》で舌を絡《から》め合い、擦り合う。敏感《びんかん》な場所が触れ合うたびに、抱きしめる彼女の小さな身体がびく、びくと小刻みに震《ふる》える。

ふらつきそうになる彼女の身体を膝の上で抱《かか》え直し、その髪を崩さないように丁寧に撫でる。唇が、舌が擦れるたびに彼女の小さな身体が熱くなっていく。熱で潤《うる》んだ瞳でクロエはエルドを見つめると、間近な距離で小さく囁く。

「エルド、さん……」

その甘えるような声を聞いた瞬間《しゅんかん》、崩れかけていたエルドの理性が完全に崩壊《ほうかい》する。それでも本能に身を任せたい衝動《しょうどう》をぐっと堪《こら》え、エルドはクロエに確かめる。

「……いいか？」

「は、い……私は、貴方《あなた》のお嫁《よめ》さん、ですから……」

そう言ってクロエが浮かべた表情は、今日一番に蕩《とろ》けていて。

愛《いと》しい人のそんな笑顔を前にして、我慢《がまん》できるはずもなかった。

手作りのベッドが、ぎしりと大きく軋《きし》む音を立てる。

小さな家の中に響《ひび》き渡《わた》る、水音。苦悶《くもん》とも歓喜《かんき》ともつかない、喘《あえ》ぎが木霊《こだま》する。

それを聞いているのは、二人だけだ。

その二人だけの夜は、長く更《ふ》けていく——。

第三話　密偵は英雄に尽くしたい　episode 03

エルドとクロエが暮らす山は、実は危険地帯である。

辺境ということはつまり、魔王《まおう》の治めていた土地に近い。少し山奥《やまおく》まで分け入り、ひょいと山頂を越《こ》えてしまえば、魔族《まぞく》領が見えてきてしまう。いくら、和平を結んでいるとはいえ、少し前まで戦争をしていたのだ。お互《たが》いにまだ、ぎすぎすした関係となっている。

また、一部の魔物《まもの》――理性が薄い、いわゆる魔獣《まじゅう》は和平など関係なしに、人間を襲《おそ》う。

彼らにとっては、人間は脆弱《ぜいじゃく》な獲物の一つでしかないからだ。

腹を空《す》かせた魔獣は食料を求め、人間領へ向かう。

そこに、何が待っているかも知らずに。

飢《う》えた魔獣は、なりふり構わず駆《か》けていた。

まるで、疾風《しっぷう》のように目にも止まらぬ速さで斜面《しゃめん》を駆け抜けていく。ごつごつした岩場や行く手を遮《さえぎ》る倒木《とうぼく》も、物ともしない。

ひらりと飛び越え、優雅《ゆうが》な足取りで躱《かわ》し、ひたすらに駆けていく。

ただし、その動きには明らかに余裕《よゆう》がなかった。

獲物を追っているからではない——追われているからだ。


不意に、横合いから銀閃《ぎんせん》が迸る。


野生の獣はその直感に従い、弾《はじ》かれるように横っ飛びに躱す。その横から飛び込《こ》んできた一人の剣士《けんし》——エルドは、舌打ち交じりにその動きを追随《ついずい》した。

四足で駆ける魔獣は、倒木を潜《くぐ》り抜け、木々を縫《ぬ》うように駆け、沢《さわ》を飛び越える。

その後を追うエルドは、ぐんと加速すると、地面に剣を突き立てて地を蹴《け》る。

剣を支点にし、棒高跳《ぼうたかと》びよろしく、倒木、木々、沢——全ての障害を失速なしで一息に跳《と》び越える。そのまま、流星のような勢いで真上から刃《やいば》を抜き放つ。

その殺気に感づき、辛くも魔獣は脇に逸《そ》れてその刃から逃《のが》れる——。

だが、その動きは明らかに余裕がなくなっていた。

数多《あまた》の人間の命を奪った爪《つめ》や牙《きば》、獲物を追い詰める四足、敵を探し出す五感——全てが役に立たない。その男を前にして、魔獣がただ逃《に》げるしかなく。

だからこそ、その気配に気づけなかった。

目の前に立つ、死神の気配なき気配に。

それが目に入った瞬間、血飛沫《ちしぶき》が宙を舞う。響き渡るのは、激しい衝突音《しょうとつおん》――やがて、木々の間に静寂《せいじゃく》が訪《おとず》れる。

木々の合間から姿を現した黒衣の少女は、吐息《といき》をつく。

「誘導《ゆうどう》、お疲《つか》れ様《さま》、です。エルドさん」

「いや、久々の鬼《おに》ごっこを楽しませてもらったよ」

程なく追いついたエルドは軽く息を弾《はず》ませながら笑う。汗《あせ》一つかかず、平然とした顔つきで、狩られた獣を見やる。

木の近くで転がるそれは、一撃《いちげき》で急所を短刀で貫《つらぬ》かれて絶命していた。かなりの大物だが、正確に急所を刺《さ》し貫かれている。恐らく、痛みも感じなく命を絶たれたことだろう。

「こんな獲物が、少し山に分け入れば出てくるとはな」

「村では、年に数度、出るという、話でした」

「なら、丁度良かった。村に出られたらみんなが困るからな」

「ええ……逆に、みんなの糧《かて》に、なってもらいましょう」

そう言いながらクロエは短刀を抜くと、手早く血抜《ちぬ》きの処理を始める。エルドもそれを手伝いながら、小さく笑みをこぼした。

（この大物ならルークさんも満足してくれるだろうな……）

二人が山に分け入り、狩《か》りをしていたのは先日の行商のためだった。

いろいろと親切にしてくれたルークのために、毛皮を仕入るべく山に入り、折しもクロエが大物の足跡《あしあと》を発見していた。そこでエルドとクロエは準備を万全《ばんぜん》にしてその獲物を追跡《ついせき》していたのである。

数日かける予定だったが、魔獣が好戦的なのが幸いした。返り討《う》ちにしようと接近してきた魔物を逆にエルドたちが仕留めることができた。

「よし――と」

ずん、と重たい音を響かせ、運んできた魔獣の身体を地面に降ろす。

血を抜いたにもかかわらず、狩った魔獣は大岩のように重かった。大きさとしては大の大人以上の体長がある。さすがのエルドも担いで運ぶのに息が上がってしまっている。

（とはいえ、何とか家まで運べたか……）

息を整えながら切り株に腰を下ろす。滲《にじ》み出た汗を腕《うで》で拭《ぬぐ》うと、ふと横から手が伸びてきて布で額の汗が拭《ふ》かれる。

「大丈夫、ですか？　エルドさん」

「あ、ああ……ありがと」

「お水を、どうぞ」

いつの間にか用意したのか竹のコップが差し出される。入っている水を飲み干すと、ようやく一心地がつける。エルドは肩を軽く回すと、傍《かたわ》らの魔獣を見た。

クロエはその傍《そば》に屈《かが》みながら視線を上げ、吐息と共に告げる。

「よくここ、まで運べ、ましたね。エルドさん」

「まぁ、鍛《きた》えているから」

「鍛えて運べるものでも、ないと思いますが」

その言葉には若干《じゃっかん》の呆《あき》れが含《ふく》まれているように聞こえた。クロエは魔獣の毛皮の状態を確かめてから一つ頷《うなず》くと短刀を腰から二本抜いた。

「何はともあれ、狩れましたから、捌《さば》きましょう……エルドさん、お願いします」

「ああ、任せてくれ」

クロエが差し出した短刀を受け取ると、エルドは魔獣の傍に膝をついた。

そのまま、二人がかりで作業を始める。魔獣の身体に刃を入れることにもはや躊躇《ためら》いはない。戦時中は、何度も彼らを仕留めて捌いてきたからだ。

慣れた手つきで二人は血抜きを終えた魔獣の毛皮を剥《は》いでいく。できるだけばらばらにならないようにし、一枚皮になるように丁寧に。

「これだけの、毛皮——ルークさんも、喜びそうです」

「ん、肉も確保できそうだな」

「食べる分だけ、石倉、の保冷庫に保存、しましょう」

「残りは村のみんなに配るか」

「それが、いいです、ね」

二人は話しながらもてきぱきと作業を続ける。エルドはあまり毛皮を剥ぐのは得意ではないが、そこを補うようにクロエは剥ぎ取りづらい部分へ器用に刃を走らせる。

あまり時間をかけずに毛皮を剥がし終えると、クロエはそれを木の枝に掛《か》けて吐息をつく。

「少し、休憩《きゅうけい》、しましょうか」

「じゃあクロエ、お茶を頼《たの》んでいいか。その間に、魔獣の肉を捌いておくから」

「了解《りょうかい》、しました」

クロエの姿が家に消えていく。それを見やりながら、エルドは魔獣の本体に短刀を差し込んでいく。魔獣の腹を開くと、中から胸骨や骨盤《こつばん》、内臓を取り出していく。

肉の解体の方が慣れたものだ。しばらく解体に専念し、肉をある程度、確保したところでクロエが家の中から戻ってくる。手にした湯呑を差し出し、首を傾《かし》げる。

「進捗《しんちょく》は、いかがですか？」

「ああ、この程度。さすがにこの規模だと時間がかかる」

傍らの葉っぱの上に積んだ肉の塊《かたまり》を視線で示しながら、手を傍らの水桶《みずおけ》で洗ってから湯呑を受け取る。中の温かいお茶を口に運びながら、切り株に腰《こし》を下ろした。

クロエはその隣《となり》に腰を下ろし、自分もお茶を飲む。居心地《いごこち》のいい風が麓《ふもと》から吹《ふ》き、木々がざわざわと掠《かす》れる音を響かせる。

それに目を細めていると、クロエがエルドの肩にそっと寄りかかってくる。

エルドは黙《だま》ってその肩を引き寄せ、抱きしめるようにして温《ぬく》もりを分かち合う。クロエは微かに身動きすると、小さく吐息をこぼした。

「……エルドさん、時々、大胆《だいたん》ですよね」

「あ、悪い。嫌《いや》だったか？」

肩から手を離そうとするが、クロエは首を振《ふ》り、ぎこちなくエルドの腰に腕を回してくる。甘えるように遠慮がちに腕を擦りつけてくる。

愛おしい相棒の仕草に、エルドは表情を緩めながらその頭を撫でた。

しばらくそうしていたが、ふとクロエが上目遣いに視線を注いでくる。

「エルドさん、何か、して欲しいこと、ありますか？」

「ん、今は特にはないけどな……こうして、傍に居てくれるだけで」

「……でも、私ばかり、してもらうのは」

そう言うクロエは申し訳なさそうにほんのわずかに眉尻が下がっている。エルドはその目を見つめて微笑《ほほえ》みかけると、そっとその頬に掌《てのひら》を添《そ》える。

「クロエが傍にいてくれるだけで、僕《ぼく》は幸せだよ……こうすることも、できるし」

そう言いながら顔を近づける。そのままそっと唇《くちびる》を重ね合わせた。

軽く唇同士を合わせるキス。軽くしょっぱい味がするのは、多分汗のせいだ。クロエは微かに喉《のど》を鳴らすと、拗ねたように唇を尖《とが》らせる。

「……ごまかされた、気がします」

「はは、嘘《うそ》は言っていないからな」

クロエは責任感が強い性格だ。何かをしてもらったら、恩を返すようにする。そういう一面も持ち合わせている。だからこそ、エルドにお返ししたいと思ってくれているのだろう。

だから、そういうことを意識しないようにしたつもりだったが……さすがに見抜《みぬ》かれていたらしい。エルドは苦笑いをこぼし、切り株から降りる。

「さぁ、休憩は終わりだ。続きを捌こう」

「……むぅ、仕方、ありません」

クロエは珍《めずら》しく声に不機嫌《ふきげん》さを隠《かく》そうとせず、エルドの傍に並ぶ。だけど、その目つきは柔らかく優しくて。視線を交《か》わし合うと、二人で魔獣に刃を差し込む。

「終わったら、私が、村に運びます」

「なら、頼んでいいか？　僕は薪割《まきわ》りとかやっておくし」

「分かり、ました。何か、交換して、いるものは……」

「うーん、野菜とか？」

「そう、ですね。穀物も、換《か》えてもらいましょう、か」

二人で雑談をしながらてきぱきと作業する。立ち込める血の臭《にお》いを涼《すず》しい風が押し流《なが》していく。それを心地《ここち》よく思いながら、二人は作業を続けていった。

クロエはエルドの妻である。

正確には式を挙げていないし、誓書《せいしょ》も交わしたわけではない。だが、そんな薄っぺらい儀式《ぎしき》や紙切れよりも深い絆《きずな》が彼との間にある。

故に二人暮らしを始めてからは、彼女《かのじょ》は密偵《みってい》としてだけでなく、彼の妻として相応《ふさわ》しくあろうと心掛《こころが》けている。彼を傍で支えて、喜ばせるために努力をしている。

だが、同時に思う――彼女自身、男女交際についての知識が不足している。

密偵として暗躍《あんやく》し続けていたから当然だが、恋愛《れんあい》感情など不要だと切って捨て、情報収集にも努めるつもりはなかった。今はその合理的な判断が恨《うら》めしい。

どうすれば、エルドを喜ばせられるか分からない。

どうすれば、エルドを幸せにできるか分からない。

それに気づいたクロエは人知れず困惑《こんわく》し――そして、次には行動を起こした。

分からないならば教えを乞《こ》えばいい。村の女性なら恐らく知っているはずだ。

早速《さっそく》、クロエは新鮮《しんせん》な肉という手土産《てみやげ》と共に、そこを訪れていた。

「……旦那《だんな》さんを喜ばせる方法、ですかぁ……」

「そう……恥《は》ずかしながら、どうすればいいか、分からなく」

クロエとエルドの家に近い、いつもの村。行商が立ち去った後の村は普段《ふだん》通りの長閑《のどか》さで、男たちは畑仕事に、女たちは家で内職に励《はげ》んでいる。

そのうちの一軒《いっけん》をクロエは訪れ、新鮮な肉を手土産に上がり込み、世間話のついでにその相談を持ち掛けていた。

「リサ、さんなら、詳しいと、思って」

「あはは、私も夫がいますけど、詳しいわけではありませんよ」

クロエの言葉に、年若い女性、リサは苦笑いをこぼした。

「でも、この村で一番、夫婦《ふうふ》仲《なか》がいい……」

「あ、あはは、そう見えます？」

「見え、る」

リサはグンジの妹で、この村の男であるレックスを夫にしている。レックスは寡黙《かもく》であまり話をする機会はないが、リサとは饒舌《じょうぜつ》によく話している。

その一方でリサも彼相手だと砕《くだ》けた口調で話し、よく笑顔《えがお》を見せる。

そのやり取りを見ていると、羨ましくなってしまうくらいに仲がいい。

「ぜひ、その秘訣《ひけつ》を、教えて欲《ほ》しい」

「ひ、秘訣って……そんなのないですよ、クロエさん」

リサは困ったように頬に手を当て、首を傾げて訊《たず》ねる。

「私からしてみると、クロエさんとエルドさんの方が仲良しなように見えますけど」

「そ、う……？」

「ほら、なんだか視線だけで通じ合っているように見えますし」

それは当然だろう。相棒として背中合わせで戦い、命を預け合った。一秒が生死を分けるような場所で、悠長《ゆうちょう》に言葉で意思を確認《かくにん》するわけにもいかない。

いくつもの戦場を経るたびに、いつの間にか視線だけで分かり合えるようになっただけだ。ただ、改めてその事実を指摘《してき》されると恥ずかしい気がする。

クロエは表情を動かさず、何となく視線だけを逸らす。

「……そんなことは、ない、けど」

「そうですか？　本当に？」

「な、長いこといた、から少しは、彼のこと、分かるくらいで」

「ふふ、私たちも似たようなものですよ、クロエさん」

そう言いながら彼女は煎《い》れたお茶を勧《すす》めてくれる。クロエは軽く香りを嗅《か》いでからそれを口に運ぶと、ゆっくりと首を傾げる。

「そう、なの？」

「ええ、私たちはいわゆる幼なじみで、グンジ兄さんといつも三人で遊んでいたんです。

だから何となく、彼の考えていることは分かる、というか……特に彼が何か変なことを考えているときはすぐ分かるんです。そういうとき、ありません？」

言われてみてふと思う。

エルドが何かに目を奪われているときは、すぐに気づいてしまう。大体、その相手は手練《てだ》れの剣士なのだけど、それが女性だとさすがにむっとする。

「……まぁ、少しはある、と思う」

「ふふ、私たちも大体、そんな感じなんですよ。むしろ、クロエさんたちの方がなんだか通じ合っている、っていう感じがして羨《うらや》ましくて」

両手を合わせてにこにこと微笑むリサの視線から逃げるように、クロエはお茶を口に運びながら言葉を返す。

「でも、それはエルドさん、がいろいろ、気を配ってくれるから。察してくれるから、成り立つ……私は、何もお返し、できていない……喜んで、もらえない……」

思えばいつもエルドはクロエのことをよく見てくれている。

さりげない仕草を読み取り、視線で意図を察して、クロエのして欲しいことをしてくれる。優しく頭を撫でて、抱きしめて、耳元で愛を囁いてくれる。

それなのに、クロエはエルドを喜ばせられていない、気がする。

（……エルドさんの、おかげで、仲良しに見えている、だけなのかも……）

そう思うと少し凹《へこ》んでくる。クロエは表情を動かさずお茶を飲むと、リサは眉《まゆ》を寄せて首を傾げながら言葉を紡《つむ》ぐ。

「……そう、なんでしょうか？　エルドさんも楽しそうに見えますけど」

「そう、かな？」

「そう思いますよ。ただクロエさんの自信がないだけだと思います」

リサのはっきりとした言葉《ことば》に、クロエは少し考えてみる。

確かにクロエが料理を出すと、彼はいつも喜んでくれる。美味しいと笑顔をこぼしてから『いつも作ってくれてありがとう』と礼を言ってくれるのだ。

（だけど、それは相棒として当然のこと）

礼を言われる筋合いではない。むしろ、お嫁さんとしてはそれ以上の存在なのだから、それ以上に喜んでもらわなければならないはずだ。

となると、やはり不十分な気がしてならない。クロエは首を振ると、リサは困ったように眉を寄せていたが、何か閃《ひらめ》いたようにぽんと手を合わせた。

「なら、とっておきの方法がありますよ」

「とっておき、の方法？」

「はい、これなら男の人は間違《まちが》いなく喜ぶのですけど……」

そこで彼女は口を噤《つぐ》み、人目を気にするように視線を左右にやる。それから頬を少しだけ染めながら、身を乗り出す。

「……少し耳を貸して下さい。えっと、ですね」

ひそひそと耳打ちしてくる。その内容にクロエは微かに目を見開いた。

「そ、それは……つまり、閨《ねや》、で？」

「はい、少し生々しくて申し訳ないのですけど、こう、お口で……」

「……ふむ、ふむ……」

「男の人も、ここがいいらしくて……」

聞いた内容を反芻《はんすう》する。それをエルドに実践《じっせん》する、と思うと恥ずかしくて頬が熱くなってきそうだ。だが、確かに相棒ではなく、妻にしか務まらないことだ。

「……これで、エルドさんを、喜ばせられる……？」

「はい、これでウチの旦那はイチコロでした。時々やると、喜んでくれます」

リサは頬を赤らめたまま、はっきりと告げる。なるほど、とクロエは頷く。

「なら、試《ため》す価値、ある……ありがとう、リサ」

「いえ、こんなことでよろしければ。いつもお肉をいただいていますし」

「それは、お互い様。いろいろ、村での暮らしを、教えてくれるし」

「そんな、お二人にしていただいていることに比べれば大したことではないですよ。エルドさん、喜んでいただければいいですね」

「ん……絶対に、喜んでもらう」

そう答えながら、クロエは素早《すばや》く思考を巡《めぐ》らせる。

クロエはそんな作戦であっても最善を尽くす。それはエルドに対する奉仕《ほうし》であっても変わりはない。考《かんが》え得《う》る限りの趣向《しゅこう》を凝《こ》らすべきだろう。

(エルドさんに、もっと、そういう気分になって、もらえれば盛り上がるはず)

そして、クロエはそういう気分を高揚《こうよう》させるものに心当たりがある。

静かな意気込《いきご》みと共に、クロエは軽く身を乗り出す。

「もし、よければ、他に男の人が喜ぶ、技術……教えて、欲しい」

「え、ええ……い、いいですけど、その……私も、そんな詳しいわけではないですよ?」

「構わない。どんなこと、でも」

そのクロエの意気込みに気圧《けお》されたように、リサは頬を染めながら小さく口を開く。

「そ、その……これは、私がやったことではないのですけど……」

その後、クロエは密偵としての巧《たく》みな話術で、恥ずかしがる若妻《わかづま》からさまざまな体験談を聞き出した。後日、それを思い出したリサが羞恥《しゅうち》に悶《もだ》えるのはまた別の話である。


「ただ、いま……戻りました」

「ん、おかえり。クロエ」

クロエが家に戻ったのは、日が暮れそうになる前だった。

家に入ると、エルドは囲炉裏の前で炭を弄っていた。その炭の上にはいい香りを立てる土鍋《どなべ》がある。中では味噌《みそ》仕立ての肉汁《にくじゅう》が湯気を立てている。

「あ……エルドさん、が作って……」

「ん、折角の肉だから傷《いた》む前に、と思ってな」

「すみません、遅《おそ》く、なってしまって……」

食事を作るのは自分の仕事なのに。申し訳ない気持ちになっていると、エルドは笑いながら首を振り、鍋をかき混ぜる。

「気にするな。僕が好きでしたことだし。それにいつもクロエに作ってもらって申し訳ないと思っていたからな。いつものお返しだと思ってくれ」

その言葉にじんわりと胸が温かくなってくる。エルドはいつもそうやってクロエを甘《あま》やかしてくれるのだ。クロエはエルドを見つめ返すと、精一杯《せいいっぱい》の気持ちを込めて礼を言う。

「ん……では、ありがとう、ございます」

「どういたしまして。さ、食べよう」

「は、い」

クロエは部屋の隅《すみ》に荷物を置き、手を拭ってからエルドの隣に腰を下ろす。彼は手慣れた様子で木の椀《わん》に汁《しる》を注ぐと、クロエに差し出した。

両手でそれを受け取り、匂《にお》いを嗅ぐ。肉の臭《くさ》みを感じない、食欲をそそる香りだ。エルドも自分の分を掬《すく》ってから満足げに一つ頷く。

「久々だったが、上手《うま》くできたな」

「……考えてみれば、エルドさんの料理、久々、です」

「そういえばそうか……大体、軍の食事か、あるいはクロエが作ってくれたからな」

「当然、です。相棒、ですから」

エルドの背を守るのは、相棒として当然の役目だ。それは戦場だけでなく、日常でも彼の見えないところを守っていきたいと思っている。

そのクロエの言葉にエルドは穏《おだ》やかに笑って目を細める。

「ん、いつもありがとう。だが、僕にもたまにはやらせて欲しい。僕はクロエの相棒なんだから――お互いに支え合うものだろう？」

「……そう、ですね」

そう言いながら思う――やはり、エルドはずるい。

クロエの気負いを汲《く》み取りながら、それを裏側から支えてくれる。自然と彼もクロエの見えないところを支えてくれようとしているのだ。

クロエは黙って椀の汁を啜《すす》る。胸がぽかぽかと温かいのはきっと、エルドの手料理のおかげだけではない。エルドは傍らで木の椀に汁を注ぎ、口に運びながら視線をくれる。

「クロエ、村のみんなは喜んでくれたかな」

「それは、もちろん。少し、リサさんと、話《はな》し込んでしまいました」

「ん、そっか。楽しかった？」

「はい、とても有意義でした」

「それは良かった。今度、また肉を持っていこうか」

「それが、いいです」

リサにはいろいろなことを教えてもらった。

密偵生活では到底《とうてい》、知り得ない男の喜ばせ方。それを胸に秘しながら、お椀を口にしてちらりとエルドの横顔を窺《うかが》う。

彼はすぐに視線に気づいてくれて、小さく笑《え》みをこぼした。

「お代わり、いるか？」

「いただき、ます」

お椀を差し出すと、エルドは囲炉裏の鍋からお玉でたっぷりの汁を注いでくれる。中には狩った獲物《えもの》の肉がしっかりと入っている。

さりげない気配りに胸を高鳴らせながら――だからこそ思う。

（ちゃんと、エルドさんを、喜ばせてあげない、と……）

「……エルド、さん、食後にゆっくりとお茶でも、いかがですか」

「ん、お茶？」

「はい、帰る前に、山に寄って、良いキノコを採って、きました」

「そうだったのか。悪いな、気を使わせて」

「いえ……これは、私の、ためですから」

小声で言葉を付け足しながら、クロエは小さく目を細めた。

やがて二人は肉鍋《にくなべ》を食べ終え、片づけをする。エルドに鍋を片付けてもらう間に、クロエは囲炉裏で丁寧《ていねい》に湯を沸《わ》かしていく。

ふつふつと煮立《にた》ってきたところで懐《ふところ》からキノコを取り出す。

漢方薬として使われてもいるキノコであり、その主な薬効は、滋養強壮《じようきようそう》だ。適度に取れば、健康にいいが――これにはある副作用があるのだ。今の今までそれを意識したことはなかったが、リサとの会話でそういえば、と思い出したのだ。

「それが例のキノコか」

エルドが食器の処理を終えて戻ってくる。クロエは頷きながら短刀を取り出した。

「珍味《ちんみ》です。薬にも、なります」

「なるほどな。どんな味になるのかな」

「コクが出て、風味がよくなります」

嘘は言っていない。クロエは無表情に徹《てつ》しながら、キノコを炭火で軽く焼くようにして乾燥《かんそう》させていく。エルドの興味津々《きようみしんしん》な視線を感じながら、慎重《しんちよう》に作業を続ける。

(――軽く、色が変わってきたところで……表面を、削《けず》る)

短刀を袖《そで》から取り出し、表面を削って木鉢《きばち》に。それを潰《つぶ》して粉末にする。

それをほんの少しだけ、二人の湯呑に入れると、そこに湯を注ぎ入れてかき混ぜる。ふわり、とどこか甘いような、香《こう》ばしいような匂いが漂《ただよ》ってきた。

ほんのりと薄く茶色く染まったお茶。それを手渡《てわた》すとエルドはクロエの隣に腰を下ろして香りを嗅ぐ。

「ん……なんかどこかで嗅いだ匂いだな」

「飲んだことがある、と思います。一度、エルドさんが怪我《けが》、したときに飲んで、います」

「……ああ、あの殿軍《しんがり》をやったときか」

エルドはすぐに思い出してくれる。クロエも懐《なつ》かしみながらお茶を口にした。

この国の英雄《えいゆう》は常に勝ち続けたわけではない。手ひどい負けを経験していることもある。あの時の戦い――四天王の一人との戦いは、最もひどい負けの一つだった。

国境付近まで軍を率いて攻め来た敵軍に対して、エルドは王命を受け、仲間たちを連れて出陣《しゅつじん》。諸侯《しょこう》たちの軍と連携《れんけい》して迎撃《げいげき》に動いていた。その中で怪《あや》しい動きをする諸侯が一人おり、クロエはそれの内偵《ないてい》に動いていた。その間、諸侯の一人が奇襲《きしゅう》を提案する。

敵は長いこと滞陣《たいじん》しており、また四天王は野蛮《やばん》な性格で部下を虐待《ぎゃくたい》している。士気が低下しており、今なら効果的な攻撃《こうげき》ができる。その説明に諸侯たちは勢いづき、それに同意。

エルドは嫌な予感を抱《いだ》いていたものの、連合軍である以上、足並みを揃《そろ》えなければならない。進軍の意見を抑《おさ》え込むことができなかった。

かくして彼《かれ》らは進軍し――罠《わな》にかかった。

奇襲した敵軍の野営地は空だったのだ。内通した諸侯の密告により、まんまと彼らは誘《さそ》い出されたのである。状況《じょうきょう》を察したエルドがすぐさま全速力での離脱《りだつ》を指示しなければ、そのまま焼き討ちで一網打尽《いちもうだじん》にされていたことだろう。

最低限の被害《ひがい》で死地を抜《ぬ》けたものの、敵軍の追撃《ついげき》は厳しい。

そこでエルドは山脈の隘路《あいろ》で単身踏《ふ》みとどまり、殿軍を務めたのだ。

狭《せま》い切通ならば、エルド一人でも敵を食い止めることができる。はたして彼は奮戦し、次から次へと襲い来る魔族たちと戦いを繰《く》り広げ、味方の撤退《てったい》の時間を稼《かせ》ぐ。

だが、その代償《だいしょう》は大きく彼の身体は斬《き》られ、毒で蝕《むしば》まれる。

あわや命を落とすというところで――なんとか、クロエが駆けつけたのだ。

「あのときは、本当に冷や冷やしました」

「ああ、クロエが来てくれなかったら死んでいただろうな」

お茶を飲みながらエルドは苦笑いをこぼし、自分の右肩《みぎかた》を摩《さす》る。そこにあるはずの生々しい傷跡《きずあと》はそのとき、敵将から一太刀《ひとたち》受けたものだ。

彼がその深手にもかかわらず戦い続けていたところに、クロエが乱入。持ちうる短刀や火薬、飛針を駆使《くし》して戦場をかく乱すると、彼を担《かつ》いで離脱。近くの川に飛び込んで逃げたのだ。だが、危険域を脱《だつ》したときには彼は衰弱《すいじゃく》し切っていた。

敵将が加えた太刀《たち》傷。そこから猛毒《もうどく》が入り込み、身体が蝕まれていた。

それをクロエは川岸で必死に看病し続けた。森の中で薬草や茸《きのこ》を掻《か》き集め、獣《けもの》を狩って食料を集め、昏睡《こんすい》する彼にひたすら滋養《じよう》のあるものを飲ませ続ける。

そのときの匂いをきっと覚えているのだろう。

（そして私も……覚えている、あのときの、気持ちを）

今にも死にそうなエルドの顔。荒《あら》い息を立て、脂汗《あぶらあせ》を流す彼の傍でクロエはただひたすらに胸を締《し》め付けられていた。失いたくない、と必死に願い、その手を縋《すが》りつくように握《にぎ》りしめていた。今までにないくらいに感情が掻《か》きむしられ、どうにかなってしまいそうなあの時間をよく覚えている。

（きっと、あのときからエルドさんのことが……）

とくん、と高鳴る胸にそっと手を当てながら、隣のエルドを見つめる。彼は優《やさ》しく微笑みを浮《う》かべると手を伸《の》ばし、ぽん、と頭を撫《な》でてくれる。

「いつもありがとうな、クロエ」

「いえ、エルドさんの、ためですから」

大きな掌で撫でられる。それだけで胸が温かくなるのを感じながら、クロエはお茶を一口飲む――その薬効は徐々《じょじょ》に体に出て来ていた。

エルドは微《かす》かに眉を寄せ、そっと額を拭う。彼もお茶の効果が出てきたようだ。じん、と身体の芯《しん》が熱くなってくる気がする。下腹部に、伝わってくる熱――どこかそれを心地よく感じながら、クロエはひっそりと笑みをこぼした。

身体の様子がおかしい。

それにエルドが気づいたのは、どこかクロエの視線が熱っぽいことに気づいてからだった。エルドは滲み出る汗を軽く拭い、一つ吐息をつく。

「――熱い、気がするぞ」

「はい、そういう、効果があります。まだ、夜は冷えますから」

クロエは澄《す》まし顔で答える。だが、その目には隠し切れない妖《あや》しい光。彼女がこらえきれない熱をこぼすように、ほう、と吐息をついた。

「――エルド、さん。もっと傍に、寄っても?」

「あ、ああ……うん、構わないけど」

クロエはじりじりとにじり寄ってくる。その気配がそこはかとなく、肉食獣《にくしょくじゅう》に似ている気がする……獲物を狙《ねら》うように、間合いが詰《つ》められている。

やがて、クロエはぺたんと横に女の子座《すわ》りする。そのまま、そっとエルドの膝《ひざ》に手を載《の》せた。切なげな瞳《ひとみ》で、じっとエルドを見つめる。

（――う、そんな目で見つめられると……）

身体の芯が疼《うず》く。熱がむらむらと込み上げてくるのだ。特に、下半身へと。

それに気づいた瞬間《しゅんかん》、あ、とお茶の正体に気づく。

「……クロエ、あのお茶」

「大正解、です……ちょっと、えっちな気分になる、成分入りです」

「クロエ……その、さすがに節操ないと思わないか？」

「えっちな、密偵は、嫌《きら》い、ですか？」

上目遣《うわめづか》いで甘えるような言葉。反射的に、エルドははっきりと答える。

「分からないが、クロエのことは好きだぞ」

「あ、えっと……その……はい」

その答えに少し驚《おどろ》いたのか、わずかに瞬《まばた》きしながらクロエは視線を逸らす。だけど、その手はエルドの膝の上で――そっと太ももを手で撫で始めている。

「でしたら……お好きなよう、に、私を使って、下さい」

「つ、使う？」

「どのように、でも。乱暴なのがお好き、なら、それでも……」

そう言いながら、そっと彼女は自分の胸に手を添える。そっと身を乗り出して、彼女はさらに甘い誘惑《ゆうわく》の言葉を掛けてくる。

「私を、縛《しば》ってみますか？　動けなくして、なぶりますか？」

ああ、くそ、とエルドは内心で思わず呻《うめ》いた。

薬効のせいか、生々しく脳裏《のうり》にその光景を想像してしまう。

ベッドの中で、四肢《しし》を縛った少女が転がっている。涙目《なみだめ》で見上げながらも、何か期待するようにエルドを見つめて、欲情の吐息を吐《は》き出す。

やめて、やめてと言いながら、媚《こ》びるように視線でねだってくるクロエを、自分の思うように扱《あつか》えたら――そう想像するだけで、快感が走るようだ。

「それとも――私が、ご奉仕、しますか？　経験は、ないですが……今回は勉強しました」

「べ、勉強？」

「はい、リサさんから、いろいろと……気持ちいいところ、聞きました」

その声と共に、するり、とその小さな手がゆっくりと彼の太ももを撫でる。

彼女の指先が繊細《せんさい》なのは、よく知っている。どんな緻密《ちみつ》なことでも、的確にこなしていく密偵の指先だ。その指先で、敏感《びんかん》なところを触《さわ》られたら――。

きっと、彼女のことだから、すぐにコツをつかみ、えも言えない感覚を施《ほどこ》してくれるはずだ。それを期待してしまい、ごくりと生唾《なまつば》を飲む。

「エルドさんなら、どこを使っても、いいですよ……」

そう言いながら、クロエは誘うような指の動きで、自分の胸元《むなもと》の襟《えり》を引っ張る――黒衣《こくい》の胸の合わせがゆるみ、わずかな膨《ふく》らみが見えそうになる。

もう何度も身体を合わせた身。どことは言わないが、十分に柔《やわ》らかいことを、エルドは知っている――そこで奉仕されたら、どんなに心地よいか。

その視線にクロエは嬉《うれ》しそうに表情を緩《ゆる》めながら、腿《もも》をすり合わせる。そこもまた、肉付きがよく、つられて視線が行き――。

（い、いかん、いかん……っ！）

はっと我に返り、妄想《もうそう》の連鎖《れんさ》を打ち切る。どうにも、思考が乱れてしまう。

深呼吸を一つ。頭に昇《のぼ》った血潮を落ち着けると、エルドは一つ咳払《せきばら》いをして、そっと身を離《はな》した。

わずかにクロエの表情が揺《ゆ》れる。不安げな眼差《まなざ》しに、エルドは穏やかに言葉を返す。

「好きな人に迫《せま》られて、断れるほどの人間ではない。けど……汗《あせ》くらいは、流させてくれ」

彼女に迫られるのは嬉しいし、できれば応えたいと思う。

でも、今の思考ではダメだ。きっと、彼女のことを傷つけてしまう。欲望のままに、滅《め》茶苦茶《ちゃくちゃ》にしてしまうのは、お互《たが》いにとって良くない。

(ちゃんと、優しく接してあげないと……)

そう思いながら、井戸に向かおうと腰を上げると——その服の裾《すそ》が、引っ張られた。ふと視線を向け、わずかにエルドは目を見開く。

そのクロエの顔に、切なげな表情が浮かんでいたからだ。瞳を揺らしながら、ぎゅっと裾を掴《つか》んで——ふるふると首を振る。

「だめ……だめ、です……もう、我慢《がまん》が……」

「……う、え？」

思わず変な声を上げてしまう。その次の瞬間、するりと彼女の手が腕《うで》に絡《から》みついた。それと同時に袖を後ろに引っ張られ——。

(あ、まず……っ)

柔術《じゅうじゅつ》の動き方だ。容易《たやす》く重心を奪《うば》われ、前のめりに倒《たお》れてしまう。そのまま、彼女は手を伸ばしてエルドの首に腕を絡みつける。

エルドは咄嗟《とっさ》に腕を突《つ》き出し、床《ゆか》に手をついて身体を支える——丁度、そのクロエの頭の横に手をつく形になった。

まるで、エルドが堪《こら》えられなくなって押《お》し倒したような姿勢。

（そういや、王城の女官が話していたな……）

相手の男性にやってもらえると、きゅんと来る仕草。通称《つうしょう》、壁《かべ》ドン。

これは壁ドンならぬ、床ドンにあたるのだろう。変則的だが、クロエもその例外ではなく、きゅん、と来たように自分の拳《こぶし》を胸に当てている。

うっとりとした吐息《といき》をつき、エルドの頬《ほお》に手を添える。

「――汗、臭くてもいいです……むしろ、役得、ですから……」

「い、いやでも……さすがに……」

「いいんです、エルドさん」

強めの語気で、彼女は首を振る。そのまま、どこか必死な表情で続ける。

「どんな姿でも、どんなことでも、大丈夫《だいじょうぶ》です、私は――エルドさんから、与《あた》えて下さるのであれば、何であっても」

「……クロエ？」

エルドに抱《だ》きつくクロエの腕から震《ふる》えが伝わってくる。彼女はどこかはかなげな笑顔を浮かべて、そっと彼の頬に手を添えた。

「いつも、エルドさんは、私に優しくして、下さいます、よね？」

「……そうかな？」

「そうです。いつだって、私のために、いろいろ考えてくれます……それは、心に余るほど嬉しくて、心地よい……けど、エルド、さん」

彼女は寂《さび》しそうに眉を下げて、わずかに苦しそうに吐息をつく。

「エルドさんが、喜んでくれなかったら……私は、本当の意味では、満たされない……もっと、貴方《あなた》に、心地よくなって欲しい。我を、失って欲しい。私を、味わってほしい……」

切々とした言葉と共に、彼女は小さく唇を震わせる。潤《うるお》いの帯びた、艶《あで》やかな唇。それが真《ま》っ直《す》ぐにエルドに近づき――そっと、口づける。

甘い水音と感触《かんしょく》。それだけなのに、エルドの背筋に耐《た》えがたいほどの快感が走る。

「どんなものでも、受け入れます。だから、お願いします……」

そこで一つ身震《みぶる》いし、クロエは妖しく目を潤《うる》ませ、切なげに訴《うった》える。

「私が、もう、我慢できないんです……っ！」

「……え」

エルドは思わず固まる中――うう、とクロエが嫌々《いやいや》と首を振《ふ》ってうめく。

「クロエ、一生の恥《はじ》です……まさか、分量を誤る、とは……」

「……ああ、まあ、そうだよな」

エルドは精神統一を極《きわ》めた騎士《きし》だ。己《おのれ》に重荷を課すことに慣れており、耐えがたきを耐えることには慣れている——だからこそ、胸の内を焦《こ》がすような熱にも耐えられる。

だが、そんな彼が一瞬《いっしゅん》でも我を失いかけたほどの、薬効。

同じ分量を飲んだ、クロエには——ひどく、身体を焦がしていったことだろう。

それを悟《さと》った瞬間、なんとなくエルドの肩《かた》から力が抜けた。そのまま、クロエの頭の下に手を回し、よいしょ、と抱き上げる。

「——昔から、クロエって本当にたまに抜けているときがあるよな。仕事のときだけは、きっちりやる分の反動なのかね」

「うう……虐《いじ》めないで下さい、それより、早くぅ……」

そんな鼻にかかった声で甘えないで欲しい、とエルドは苦笑いを浮かべる。

彼自身も、己を律するのに大変なのだ。頭の後ろがもう熱くてたまらない。

それでも、彼女に負担はかけたくないから、と慎重に彼女を片手で抱き上げ、梯子《はしご》を登って二人の寝室《しんしつ》に入る。

しっかりと作られたベッドはいつも二人で寝《ね》て、思い出を刻んできた場所。そのシーツにエルドはクロエの身体を横たえさせる。

彼女はもう身体に力が入らないのか、ベッドの上でくたっとしてしまう。

首筋の朱色《しゅいろ》がなまめかしい。その胸のふくらみが上下しているのを見て、ごくりと唾《つば》を呑《の》み込《こ》む。クロエは期待するように、小さく息をこぼす。

シーツの上に広がった黒い髪《かみ》。それを指に絡めるように、そっと手をつく。

もう片方の手は、彼女の肩を押さえつけるように。

動けないようにぐっと力を込めると、彼女は白い喉《のど》を引きつらせて唾を呑んだ。

「──もう、止まらないぞ」

「ど、どうぞ……お好きな、ように」

そう言って彼女は小さく頷《うなず》く。その同意を合図に、エルドは彼女に覆《おお》いかぶさった。

甲高《かんだか》い喘《あえ》ぎが、止めどなく続く──夜の静寂《せいじゃく》は、訪《おとず》れない。

第四話　二人が本気で狩りをした日々

episode 04

「やぁ、エルドさん、クロエさん、よく来てくれたね」

「ええ、ご無沙汰《ぶさた》しています。ロッサさん」

よく晴れたその日、エルドとクロエは村の中心にある診療所《しんりょうじょ》に足を運んでいた。

広場の近くにある建物は木造の二階建て——村の中では立派な方だ。それもそのはず、そこにはこの近辺で唯一《ゆいいつ》の村医者がいる。

二人を出《で》迎《むか》えた村医者、ロッサは丁寧に応接間へ通してくれる。

村随一《ずいいち》の苦労人であり、その頭頂は禿《は》げ上がっており、顔には深く皺《しわ》が刻まれている。

だが、心根の優しさを表すかのように、その表情に浮かんだ笑みは柔和《にゅうわ》だ。

彼はソファーを二人に勧めてから、自分も反対側の椅子《いす》に腰《こし》を下ろすと、深々と頭を下げた。

「息子《むすこ》と娘が世話になっております。時折預かっていただけるおかげで、妻も助かっておりますよ。エルドさん、クロエさん」

「いえ、村の皆様《みなさま》にはよくしていただいていますし」

「私たちに、できるのは、これくらい、だから……」

「はは、ケネスからはいつもお二人の話をよく聞いています。お二人は子供たちの面倒《めんどう》を見るのがお上手のようだ。クロエさんの笛は一度聞いてみたいものです」

「聞き苦しい、だけ、だと思いますが……」

「いや、クロエの笛は綺麗《きれい》だと思うぞ？　もっと自信を持っていい」

「エルドさん、まで……」

クロエは無表情だが、そのまばたきから少し困っている様子が伝わってくる。彼女《かのじょ》は軽く咳払いをすると、ロッサに視線を向けた。

「それ、より……ケネスから、聞いた。私たちを、呼んでいる、と」

その言葉にエルドは軽く頷き、ロッサを見やる。

今日、わざわざロッサの診療所に足を運んだのは、この前子供たちを預かったときに、ロッサの息子、ケネスを通じて呼ばれていたからだ。

その言葉に中年の医師は禿頭《とくとう》を撫でて苦笑いをこぼす。

「わざわざご足労いただき感謝いたします。実は、少しお願いがございましてな……お話に聞く限り、お二人はよく山に入られるとか」

「そうですね、狩りに入っていますが」

「里山の方ではなく？」

「ええ、険しい方に私たちは住んでいますから」

この集落の近くには二つ山がある。一つはエルドたちが暮らす魔境《まきょう》へ通じる山脈だが、もう一つは小さな丘《おか》のような山だ。木々が少なく、子供たちも気軽に入れる。

そこは里山と呼ばれ、そこでエルドたちは子供たちの面倒をよく見ている。

ロッサは思わず感心したように頷き、顎《あご》を撫でる。

「いやはや、グンジたちからも聞いていましたが、まさか里山ではない方で住んでいるとは。まるで、数年前にこの村に訪れたという〈英雄〉殿《どの》のようですな」

「あ、はは……噂《うわさ》には、聞いていますがね」

エルドは思わず引きつり笑いを浮かべる。

ちなみに、エルドとクロエはこの集落の近くに移住するにあたって、正体を隠《かく》している。

知っているのはこの集落では村長と一部の長老だけだ。

住むきっかけになった〈幻影作戦《げんえいさくせん》〉を行うのに、協力してくれた人たちであり、〈英雄〉であるエルドの顔も見知っている。だが、エルドの希望を汲んで、ただの狩人《かりゅうど》として扱い、村人たちにもそう紹介《しょうかい》している。

だからこそ、目の前にその〈英雄〉がいるとは思っていないのだろう、ロッサは感慨深《かんがいぶか》げに言葉を続ける。

「いやはや、実はこの村に来たきっかけもその〈英雄〉殿でしてな。吟遊《ぎんゆう》詩人から〈幻影作戦〉の物語を聞いた瞬間から、ここに住もうと決めていたのですよ。その作戦の舞台《ぶたい》になったこの村に。住んでみれば〈英雄〉殿も気に入ったであろう、のどかさでございます。エルドさんもそう思いませんか？」

「は、はは、そうですね……それより」

なんとなくこそばゆい気持ちになり、視線を逸《そ》らしながら話題を戻《もど》すと、おお、とロッサは照れくさそうに頬を掻いた。

「すみませんな、話が逸れてしまいました――実はお二人に頼《たの》みたいのは、その山の中にあるものを採ってきていただきたくて」

そう言うとロッサは失礼、と腰を上げて応接間の棚《たな》に歩み寄る。そこから一冊の本を取り出すと、それを机の上で広げた。ページをめくり、一点に指を置く。

「これを、採ってきていただきたいのです」

「シズマ草……ですか」

そこに書かれた文字を読み取る。その文字の下に描《えが》かれた草の絵は外見の特徴《とくちょう》を押さえられている。エルドはそれに目を通しながら訊《たず》ねる。

「薬草、ですか」

「ええ、熱冷ましの効果がありまして。以前は里山で採っていたのですが、最近はとんと生えておらず……。まぁ、代用は利《き》くものなのでなくて困るわけではないのですが」

「なるほど、なら山に入れる僕《ぼく》たちが採りに行くのが適任ですね」

「ええ、村の腕利《うでき》きに頼むよりも山に慣れたエルドさんたちの方が見つけやすいかと思いましてな。お願いできますか？」

「……クロエ、行けそうか？」

クロエは本に目を向けていたが、その視線は絵に固定されたまま動いていない。表情を動かすことなく、何かを思い起こすようにじっと見つめていたが、エルドの言葉にすぐに視線を上げて頷いた。

「お安い、御用《ごよう》です……山で、見かけています」

「おお、それは助かります。お礼はさせていただきますので」

「お気になさらず。狩りのついでのようなものなので」

エルドの言葉にほっとしたようにロッサは吐息をつくと、深々と頭を下げた。

「では、よろしくお願い致《いた》します」

診療所でその依頼《いらい》を聞いた翌日、エルドとクロエは朝早くから山に足を運んでいた。山林に入るまでは涼《すず》しい風が吹《ふ》き抜け、木の葉が擦《す》れる音を響《ひび》かせている。

だが、一歩、山林に足を踏み入れれば密林が出迎える。地面は茂《しげ》みに覆われ、木々が密集して生えている。枝や茂みが邪魔《じゃま》でまともに歩くことができない山道――。

そこを、エルドとクロエは易々《やすやす》と駆《か》け抜けていた。

目の前を遮《さえぎ》るように密集する枝。その隙間《すきま》をすり抜けるように、ひらり、ひらりとクロエが曲芸のように抜けていく。その後ろをエルドが追いかけるように駆けていく。

クロエに素早さは敵《かな》わないが、エルドも秀《ひい》でた身体能力の持ち主。身軽に枝や茂みを掻い潜《くぐ》り、山道を素早く駆けていく。

二人にとってはこれまで経験した悪路に比べれば、ピクニックのような道のりなのだ。普通《ふつう》の人が数時間かけて踏破《とうは》するような山道もすぐに駆け抜け、二人はすでに山深くまで分け入っていた。

エルドは彼女の後ろを駆けながら、その背中に声を掛《か》ける。

「クロエ、もう少し掛かりそうか？」

「そう、ですね。目的地は、遠く、ないです」

クロエは振り返って告げると、近くの枝を掴んで身体を高い位置へ。そのまま次々と枝を足場にして木を登っていく。それから前方を指さした。

「あそこのです」

「あそこ、というと……」

エルドも続いて木を登っていき、クロエのいる枝を掴むと、逆上がりの要領でひらりと上に登る。一段と高い位置だと視界が開け、山の様子がよく見える。

吹き抜ける風に目を細めながらエルドは前を見やると、確かにまだ先が見える。だが――。

「……クロエ、気のせいじゃなければ、目の前に渓谷《けいこく》があるんだが」

「は、い、そうですね」

「それを越《こ》えたとしても、その先は断崖絶壁《だんがいぜっぺき》だが？」

「そう、です……なかなか、険しいです」

クロエはこくんと頷きながらも、ですが、と平然とした口調で言う。

「迂回《うかい》すれば、時間が、かかります……ここは、突っ切りましょう」

「……マジかよ」

「大マジ、です……懐かしく、ないですか？　大返しの、旅が」

「ああ……確かに。〈英雄の大返し〉、か」

懐かしい言葉に思わずエルドは苦笑いをこぼして思い起こす。

それは魔《ま》王《おう》軍との戦争が終盤《しゅうばん》に差し掛かった頃《ころ》。エルドをはじめとした〈英雄〉たちの奮戦のおかげで人類連合は魔王軍を押し返し、前線を押し上げていた。

各国で足並みを揃え、最後の魔王都を目前としたとき、その急報が入った。

潜伏《せんぷく》していた四天王の最後の一人が突如《とつじょ》、行動を開始。国境を突破《とっぱ》し、王都へと進軍を始めていた。その捨て身の猛攻《もうこう》に要所が抜かれ、王都は窮地《きゅうち》に陥《おちい》っていた。〈英雄〉たちは全員、前線に貼《は》り付いており、今から引き返しても間に合わない――。

その状況でエルドが敢行《かんこう》したのが、少数精鋭《せいえい》による魔境越《まきょうご》え――前線から王都まで直線距離《きょり》で突っ切って帰還《きかん》するという無茶極《むちゃきわ》まりない作戦だった。

直線距離の間には七つの山と八つの谷があり、道もなければ味方もいない。

その危険極まりない悪路を、エルドはわずかな手勢だけで強引《ごういん》に突き進《すす》んだのだ。

「未《いま》だに信じられないな……あの悪路を、三日で抜けたとは。クロエの案内がなかったら、絶対に無理だった話だけど」

「私だけでは、ありません……私の部下も奮戦、しました」

「ああ、あれは最初から最後まで、クロエのおかげだよ」

思い出しながらその頭に手を載せて目を細める。クロエはくすぐったそうに少しだけ肩を揺らした。

エルドは三日駆けるだけで息絶え絶えだったが、クロエの配下の密偵《みってい》部隊はさらに先行し、金をばらまいて農民たちと農耕馬を集めていた。

そして、一万の民兵軍団を作り出すと、それをエルドが指揮して進んだ。

よく見れば、明らかに急造の軍隊であることは分かるはずだった。だが〈英雄〉であるエルドが指揮することにより、それは一変する。

魔族《まぞく》からはまるで、エルドが軍を引きつれて三日で引き返してきたと思《おも》い込み、動揺《どうよう》した。陣営《じんえい》が乱れてしまえば、後は脆《もろ》いことこの上ない。

王都側の軍とエルドは呼応し、敵軍を撃破《げきは》。最後の四天王の首も取ったのだった。

これが吟遊詩人の語《かた》り継《つ》ぐ〈英雄の大返し〉の真実だ。

「僕としては、あんな強行軍、もう勘弁《かんべん》だがね」

「ですが、あれに比べれば、ピクニック、のようなものでは？」

そう言うクロエは木の蔦《つた》をむしり取り、即席《そくせき》の縄を編んでいる。どうやら迂回せずに真っ直ぐに行くことに決めたらしい。エルドは苦笑いを浮かべながら肩を回す。

「ま、たまには悪くないか……クロエも、一緒《いっしょ》だからな」

その言葉にふとクロエが一瞬、手を止めて小さく呟《つぶや》く。

「……あのときと、一緒ですね」

「ああ、そうだな」

それは、大返しを決行するときにクロエに掛けた言葉。それを再現するようにクロエの頭を撫でながら笑いかける。

「クロエと一緒なら、どんな道も行けるさ」

「全く、仕方の、ない、団長さんですね」

クロエはそのときと同じ言葉を返すと、ほんの少しだけ口角を吊《つ》り上げる。

「……今は、旦那様《だんなさま》、ですけど」

そう告げた彼女の頬は微かに赤く染まっていて、それにエルドの胸はじわりと温かくなる。その気持ちを込めて彼女の頭を一撫でするとと、よし、と気合を入れた。

「じゃあ行くか……頼んだぞ。クロエ」

「はい、お任せ、を」

そう告げたクロエは身軽に枝を蹴《け》って宙を舞《ま》う。そのまま次の木の枝に飛び移ったのを見て、エルドはその後ろを追いかけていった。

「到着《とうちゃく》、と」

崖《がけ》の縁《ふち》に手を掛けると、軽々と崖上に身体を持ち上げ、エルドはその場に足をつく。手を叩《たた》きながら辺りを見渡《みわた》すと、すでに日が傾《かたむ》きかけていた。

その斜陽《しやよう》が照らすのは、小さな泉だった。冷たい水が湧《わ》き出る、澄んだ泉の傍《そば》には草花が茂り、風でそよそよと揺れている。これまでの密林とは違《ちが》い、山頂は穏《おだ》やかな景色が広がっている。

「こんな場所があったんだな」

「は、い……私も、一度、来たきりですが」

するり、と滑《すべ》るように崖から這《は》い上がってきたクロエは振り返って斜陽を見やり、少しだけ唇《くちびる》を尖《とが》らせる。

「……思いのほか、時間が、かかりました」

「それでも早い方だと思うけどな」

ちらりとエルドは後ろを振り返る。泉から流れ出た小川は途中《とちゆう》で途《と》切《ぎ》れている——滝《たき》となって中空に飛び出している。その下はぞっとするほど深い渓谷だ。

そこを迂回することなく、エルドとクロエは駆け抜けた。

蔦の縄で渓谷を一気に渡《わた》り、断崖絶壁はわずかな凹凸《おうとつ》を足場にして軽々と上へ上へと蹴り上がっていったのだ。途中で、崖にいた鳥に襲《おそ》われ、それをやり過ごす必要があったのだが。

「……あの鳥、が邪魔しなければ、すぐに辿《たど》り着いたの、ですが」

クロエは吐息をこぼす。その目に宿る冷たい光を抑えるように、エルドはその頭を撫でつけながら苦笑いを返す。

「でも無益な殺生《せっしょう》はよくないからな。ありがとう、殺しを抑えてくれて」

「……あそこで、殺しては、美味《おい》しく、いただけませんから、ね」

「ああ、殺すにしても食べる分だけ、だ」

エルドはひとしきりクロエの頭を撫で終えると、泉の方に視線を向けた。

「……さて、お目当ての薬草は……？」

「これ、ですね」

頼《たよ》りになる相棒はすでに見つけているようだ。泉に歩み寄ると、そこに生えている草の傍で屈《かが》んだ。彼女が摘《つ》み取ったそれをエルドは横からのぞき込む。

「……確かに、絵の通りだな」

「はい、シズマ草、です。中に魔力《まりょく》を、溜《た》め込んでいるため、葉が透《す》き通ったような、緑色になるのです。食用にもなるので、戦時中は、よく使いました」

「そうだったのか。だから、ある場所を覚えていたのか？」

エルドの声にクロエの指先が少しだけ止まった。すぐに首を振り、小さな声が返ってくる。

「いえ……この草は特別、ですから」

「特別？」

「はい、私が好きな薬草なんです」

彼女はそう言いながら大事そうに一本ずつ摘んでいく。思い入れを感じさせる手つきに

エルドは少しだけ首を傾《かし》げた。

（……クロエが好きな薬草、か。味か、それとも効能かな）

詳《くわ》しく聞いてみたいと思いつつも、エルドは視線をクロエから森の奥《おく》に向ける。そちらに注意を払《はら》いながらクロエに声をかけた。

「それで足りそうか？」

「ええ、足りると、思い……」

そう告げたクロエの言葉が尻《しり》つぼみに消える。その指先が何かを摘まみ上げている。それは千切れたシズマ草。ギザギザに千切られた断面は、まるで誰《だれ》かに食いちぎられたかのようだ。それにクロエは小さくため息をこぼした。

「うっかりして、いました。エルドさん。このシズマ草は、一部の魔獣《まじゅう》の、好物です」

「みたいだな。それで、うっかり縄張りに入った、というところか」

エルドは答えながら目を眇《すが》めた。すでに彼《かれ》は放たれる殺気に気づいていた。すでに腰に帯びた剣《けん》へ手を掛けている。

二人は易々と駆け抜け続けていたが、ここは魔《ま》が棲《す》まう森の奥。魔獣が出てきてもおかしくはないのだ。だが、二人に焦《あせ》りはない。

クロエは落ち着いて地面に手を這わせ、ん、と軽く一つ頷く。

「足跡《あしあと》が、あります。魔獣、ですね。この前の子より、小さいです」

「ということは、すばしっこそうだな……」

「速度でなら、負ける気はあり、ません」

クロエはそう言いながらさりげなくエルドの背中側に立つ。自然となるのは背中合わせ。互いに守り合う体勢になりながら、短く言葉を交《か》わし合う。

「数は、四匹《ひき》。うち、一匹が群れの長」

「長を仕留めれば、残りは散るか？」

「恐ら、く……私が、やります」

「なら、僕はその補佐に回るか。三匹は任せてくれ」

気負いなくエルドが言葉を返した瞬間、ゆっくりと泉の傍の茂みから漆黒《しっこく》の獣が姿を現す。その後ろから現れるのは、三匹の獣たち。

エルドとクロエを包囲するようにじり、じりとにじり寄ってくる。

金色の瞳から放たれる獰猛《どうもう》な殺気を前にし、エルドは小さくこぼす。

「無益な殺生はするつもりはないが」

「これは、仕方、ありません。精々、苦しまないように、逝かせま、しょう」

背後からのクロエの声と共に、次第《しだい》に気配が薄《うす》くなっていく。それに合わせて口角を吊り上げながら、エルドはゆるやかに剣を抜《ぬ》き放った。

向けられた刃《やいば》に、魔獣たちの注意がそこへと集中する。

それをさらに引き付けるようにエルドは気迫《きはく》を全身から放ち、力を込めて魔獣を睨《にら》みつける。並々ならない気迫に魔獣たちはわずかにたじろぐ。

尋常《じんじょう》じゃないその存在感に魔獣たちは警戒心《けいかいしん》を強く露《あら》わにし、威嚇《いかく》するように唸《うな》り声を放つ。目の前のエルドの一挙一動を注視し、魔獣たちは姿勢を低くする——その視界から、いつの間にかクロエが消え去っていることに気づかず。

不意に、とん、と軽く何かがぶつかる音がした。

とても小さな音なのに、辺りに鳴り響いた音。それと同時に、先頭の魔獣の身体がぐらりと揺れた。そのまま横倒《よこだお》しになった魔獣は糸が切れたように動かなくなる。

その首筋に突き立った刃を見て、エルドはひっそりと口角を吊り上げた。

(……さすがだな)

突然《とつぜん》の死に仲間の魔獣たちはすぐには気づけず、呆然《ぼうぜん》と目の前の死体を見やる。

その間にエルドはゆっくりと歩み出ると、静かに気迫を放った。

「無益な殺生は好まない……だが、これ以上立ちはだかるなら、相手になるぞ」

低い声で威圧《いあつ》するようにエルドが告げると、その気迫に気圧《けお》されたように残りの魔獣は後ずさる。そしてすぐに踵《きびす》を返すと、脱兎《だつと》の如く逃《に》げ出した。

木立の中に気配が消えていくのを見て、エルドは安堵《あんど》の息をつく。

「……物分かりのいい子たちで助かるな」

「え、え……実力差を、分かってくれたよう、です」

いつの間にか姿を現したクロエは屠《ほふ》った魔獣の傍に屈む。その首筋には一本の短刀が突き立っている。忍《しの》び寄ったクロエによる必殺の一撃《いちげき》だ。

「気配を殺して近寄り、気づかれないまま暗殺する……見事な手腕《しゅわん》だな。〈死神〉」

「それを、言うならば……威圧感、だけで相手の注意を、一身に集めた〈英雄《えいゆう》〉様、の実力です……おかげで、いつも仕事が、やりやすい」

「ま、慣れたもんだな。お互いに」

二人は視線を交わし合うと、どちらからともなく手を挙げる。そのまま、音を鳴らすことなくハイタッチをする。

平和な暮らしの中でもお互いの腕前《うでまえ》は衰《おとろ》えない。それどころか前よりも呼吸を合わせ、戦うことができている。その実感が何よりも嬉しい。

エルドが笑いかけると、クロエはほんの薄く笑《え》みを見せ、手をぎゅっと握《にぎ》り返してくれた。


傾いた日が山の稜線《りょうせん》に沈《しず》み、漆黒の夜の帳《とばり》が下りる――。

その中でエルドとクロエは泉の傍で焚火《たきび》を囲んでいた。

「……久々の野宿、だな」

「ええ、仕方、ありませんね」

そう言葉を交わす二人はてきぱきと魔獣の肉を捌《さば》いている。

エルドとクロエは夜目も利き、実際、大返しのときは真っ暗な闇夜《やみよ》も疾駆《しっく》している。夜の山道を帰るのは容易かったが、狩《か》った魔獣を美味しくいただくためにも今日は野宿を選んだ。幸い、泉が近くにあるおかげで下処理には困らない。

血の臭《にお》いもすぐに洗い流し、肉の処理はどんどん進んでいく。

そんな中、不意にくぅ、と微《かす》かに何かが鳴くような音が聞こえた。

エルドがふと視線を上げる。音の方向――クロエを見やると、彼女は後ろを振り返っていた。木立の闇を見透《みす》かし、肩を軽く竦《すく》める。

「気のせい、でした」

「ん、そうか」

頷いてエルドは魔獣の腹に手を突っ込み――また、くぅ、と可愛《かわい》い音。

さっきよりも大きい音に、エルドは顔を上げる。クロエは素知らぬ顔で肉を捌いている――その頬が微かに赤いのは、焚火のせいではないはずだ。

やがて、観念したようにぼそりと彼女はつぶやく。

「……お腹《なか》が、空《す》きました」

「ま、そうだよな。僕もお腹が空いた」

「でも、エルドさんは、お腹鳴らなかった……ずるい、です」

拗《す》ねたように言うクロエにエルドは苦笑いを返しながら短刀を動かす。

「悪かったって。ひとまず休憩《きゅうけい》にして、軽く何か摘まむか」

「……では、肉を少し、焼きます」

「いや、折角《せっかく》だから生でいかないか？」

エルドはそう言いながら、脇《わき》に置いていた葉っぱの器を見せる。それに取り分けておいたのは、赤みがかった肉。赤身ほど鮮《あざ》やかではなく、どこか血の色を残した肉だ。

それを見て、クロエは目をぱちくりとさせた。

「――もしかして、内臓、ですか」

「心臓と腎臓《じんぞう》、あと肝臓《かんぞう》だな。刺身《さしみ》にしてみた」

「…………」

クロエの表情はぴくりとも動かない。だが、そこから伝わってくるのは困惑《こんわく》だ。少し考《かんが》え込んでから、ああ、とエルドは思わず頷く。

「そういえば、クロエと一緒に刺身を食ったことはなかったか」

「刺身、ですか……？」

「ああ、東方では生肉を薄く斬《き》ってタレにつけて食べる風習がある」

「……そういえば、エルドさん、は元々東方、出身、でしたね」

彼女は吐息をこぼすと、じっとその葉の器を見て首を傾けた。

「とは、いえ……それは、魚の、風習では？」

「魚も食べるが、獣《けもの》の肉でもこう食べることがある」

「お腹を、壊《こわ》しそう、ですが」

「一部の家畜《かちく》だとさすがにな。だが、この魔獣なら大丈夫だ」

そう言いながら、エルドは一切れ摘まみ上げて口に運ぶ。じわり、と口の中に広がるのは肉の脂《あぶら》。血の味はせず、肉の美味《うま》さが口の中でじんわりと広がる。

これを知ってしまうと、なかなか病《や》みつきになってしまう。

それを見ていたクロエはためらうように視線を泳がせる。

(……ま、クロエの性分《しょうぶん》からしたら食べられないだろうな)

密偵たる立場である彼女にとって、こういう生ものはご法度《はっと》なのだ。

もちろん、容易く食あたりするような身体の作り方はしていないだろう。それでもできるだけリスクを避《さ》けるように立ち回るのが彼女のスタンスだ。

無理に勧《すす》めることもできない。エルドは肩を竦めながらもう一切れ食べようと指を伸《の》ばし——。

ふと、その手にちょん、と細い指先が触《ふ》れた。

視線を上げると、いつの間にか近くに寄っていたのか、クロエが隣《となり》にいる。彼女はそのまま、生肉に手を伸ばし——だが、ためらうように指を彷徨《さまよ》わせる。

エルドは目を細めると、その生肉を指先で摘まみ上げ、彼女の口元に運んだ。

彼女はそれをじっと見つめていたが、小さく口を開くと、思い切ったようにエルドの指ごと生肉を口に含んだ。指先を柔《やわ》らかい舌がぬるりとなぞっていき――。

「……んむ」

クロエの目が大きく目を見開いた。もぎゅもぎゅと口が動き、その食感を確かめている。その表情は微かに緩《ゆる》んでいて――釣《つ》られてエルドは笑みをこぼす。

ゆっくりと彼女の唇の間から指を引き抜くと、ちゅぽん、と音を立てる。クロエは刺身に夢中になっているように口を動かしている。

試《ため》しにもう一枚、刺身を唇に近づけてみる。と、クロエはぱくりとそれに食《く》らいつく。夢中で咀嚼《そしやく》するのを、エルドは目を細めて見守っていると、彼女は慌《あわ》てて視線を逸らした。

やがてそれを飲《の》み込むと、小さくつぶやく。

「初めて、食べました。生肉」

「そうか。お味は？」

「……美味し、かったです」

そう告げたクロエの頬は少し赤く染まっていて。やがて彼女はエルドに視線を戻すと、少しだけ悔《くや》しそうに見つめてくる。

「……なんだか、負けた、気分です」

「負かしたつもりはないのだが……最後の一切れ、いる？」

最後の一切れを摘まみ上げると、クロエはじっとその生肉を見つめる。数秒間見つめてから視線を逸らすと、ぎこちなく口を開く。

エルドは笑みをかみ殺しながら、その生肉を彼女の口に運んだ。

彼女はそれを口の中に収めると、口を動かしてゆっくりと味わう。表情は動かないが、その刺身を堪能《たんのう》してくれているみたいだ。

「それにしても、クロエ、よく生肉を食べる気になったな」

「……ん……確かに、戦時中では、勧められても、食べなかった、でしょう」

クロエはしっかりと食べきってから、エルドを見つめて小声で続ける。

「でも……今は、密偵、ではなく、貴方の妻、です……貴方と一緒の、ものを食べて……味わいたかった、ので……」

「……そうか……」

その視線から感じられるのは、ひたむきなほど真っ直ぐな想《おも》いだった。彼女は彼の瞳《ひとみ》を見つめながら、そっと控《ひか》えめに笑みを浮《う》かべる。

「不思議、ですね。今まで一緒、に戦って、エルドさん、のことは何でも、知っている気、になっていました。事実、戦いの呼吸は、ぴったり、です」

「そうだな。だけどまだお互《たが》いに知らないことがある」

「……じゃあ、教えて、くれますか？」

そう囁《ささや》くクロエの漆黒な瞳は大きく揺《ゆ》れ、見つめていると吸《す》い込まれるそうになる。気づけば胸が高鳴り、顔を近づけてしまう。クロエは、ん、と軽く顔を上げ、唇を突《つ》き出し――。

柔らかい感触《かんしょく》が、唇同士に触れ合う。

（……どうして、かな）

もう何度も口づけを繰《く》り返した。それなのに、この胸の鼓動《こどう》が落ち着くことはない。彼女と言葉を、想いを交わすたびにこの胸に気持ちが膨《ふく》らみ続ける。

エルドは彼女の瞳を見つめながら、その気持ちを込めて囁く。

「……好きだよ、クロエ。今までも、これからも」

「はい……エルドさん、私も同じ、です」

クロエはそう告げると、淡《あわ》い微笑《ほほえ》みを浮かべる。

滅多《めった》に見せない、彼女の優《やさ》しい表情。それを見た瞬間《しゅんかん》、エルドの胸がさらに一際《ひときわ》、大きく鼓動を響かせる。気が付けば、彼女の肩に手を伸ばしていた。

彼女はそれを拒《こば》まず、熱っぽい吐息《といき》と共に受け入れる。

焚火が浮かべる影《かげ》はやがて一つとなり、優しく交わり合う――。

第五話　二人が本気で遊んだ日々

episode 05

「いやはや、まさかこんな早くに採ってきてくださるとは」

「早いに越したことはないと思いましてね」

その日、エルドは診療所にいた。クロエと採集してきたシズマ草の袋《ふくろ》を手渡《てわた》すと、ロッサはそれを大事そうに机に置く。禿頭を撫《な》でながら、信じられないような口調で告げる。

「まさか、たった三日でこれだけの量を……いや、エルドさんのことを疑っていたわけではありませんが、少々びっくりしました」

「いえ、これはクロエのおかげですよ」

エルドが視線を窓の外に向けると、ロッサもその視線を追いかける。

そこでは広場でクロエが子供たちの相手をしている。十数人の子供たちを相手に、クロエはたった一人で軽《かろ》やかに子供たちから逃げている。

「はは……クロエさんは、すばしっこいといいますか」

「身のこなしが軽いので、いろいろ見つけてくれるのです。木登りとかも得意なんですよ、彼女」

「あの動きを見れば、納得《なっとく》です」

感心したように言うロッサの視線の先では、クロエが高く跳躍《ちょうやく》して子供たちの頭上を飛び越えていた。子供たちの包囲《ほうい》網《もう》を突破し、クロエは無表情で唇を動かし、首を傾げる。

口の動きをエルドは読み取り、苦笑いを浮かべた。

（『それで、本気……？』か。余裕《よゆう》だな、クロエ）

きゃあああ、と子供たちは嬉《うれ》しそうに叫《さけ》び、さらにクロエを追いかけていく。それを踊《おど》るような足取りでクロエは逃げ、子供たちを駆け回らせている。

まるで羊と牧羊犬のような光景だ。

ふと、クロエの視線がエルドの方に向き、目が合う。それだけでクロエは少しだけ眉尻《まゆじり》を下げると、ほんの小さく手を振《ふ》る。エルドは手を挙げると、彼女は口角をちょっとだけ吊り上げてくれた。

「……お二人はなんというか、不思議ですな」

ふと聞こえたロッサの言葉に視線を戻すと、彼は用意したお茶を差し出しながら微笑む。

「これまでいろいろな人と出会ってきましたが、お二人のような間柄《あいだがら》は初めてです」

「そうですか？」

お茶をいただきながらエルドは首を傾げると、ええ、とロッサは頷《うなず》いて目を細める。

「失礼ながら、若いご夫婦《ふうふ》にしては、関係が熟成されている気がするのです。まるで長年連《つ》れ添《そ》った夫婦のように息がぴったりです」

ロッサはそこで言葉を切ると、だけど、と意味ありげに目を細める。

「それにしては、なんだか初々《ういうい》しい一面があり、微笑ましいですな」

「そ、そうですか？」

「ええ、そうですとも。視線が合うだけで微笑み合えるというのは、なかなか。見ていて微笑ましい気分になれますとも。まるでそこだけは新婚《しんこん》夫婦だ」

「まぁ……付き合いは長いですけど、実際は新婚ですからね」

「はは、なるほど」

エルドの苦笑いに、ロッサは朗《ほが》らかに笑い、それ以上は何も言わない。熟練の医師らしく、踏《ふ》み込《こ》む一線を弁《わきま》えてくれているようだ。エルドは少しむずがゆくなり、視線をシズマ草の袋に向けて訊ねる。

「シズマ草はそれで足りそうですか？」

「ええ、もちろん。これだけあれば十分です」

「足りなければ言ってください。予備も摘んであるので」

「おや、そうなのですか？」

「食用でも使えると、クロエから聞きまして。それに、彼女《かのじょ》が好きな薬草らしいので」

「なるほど、クロエさんも通好みというか……いや、あるいは」

ふとロッサがエルドに視線を向けて、意味ありげに口角を吊り上げる。

「……なんですか？　ロッサさん」

「いや……時にエルドさん、シズマ草の花言葉はご存《ぞん》じですか？」

「シズマ草にも花言葉があるのですか？」

「ええ、花こそ咲《さ》かせませんが、花言葉はありとあらゆる植物にありますよ。このシズマ草は昔、剣技で名を馳《は》せた猛将《もうしょう》、シズマの名から取られた草なのです」

ロッサはそこで言葉を切ると、エルドを見つめて穏やかに微笑む。

「花言葉は——〈揺るぎなき刃〉」

その言葉に思わずまばたきしてしまう。ロッサは顎《あご》を撫でながら口角を吊り上げた。

「転じて〈純愛〉〈貴方《あなた》だけを信じている〉という意味がありますな……恐《おそ》らく、クロエさんが想っているのは、そういうことでは？」

「……そうだと、嬉しいですね」

エルドはそう答えながらも分かっている。花言葉に詳しいクロエは薬草の花言葉を知って、それを好きだと言ってくれているのだ。

エルドの〈揺るぎなき刃〉が、好きなのだと。

（……なんだか、照れくさいな）

なんだか、不意打ちを喰《く》らった気分で視線をクロエに向ける。駆け回る彼女は一瞬《いっしゅん》だけエルドに視線をくれ、小さく口角を吊り上げる。エルドは目を細めて頷いた。

彼女は軽く頷き返してから、意識を子供たちに戻《もど》す。クロエの動きは冴《さ》え渡っているが、子供たちの体力は底なしだ。きゃあきゃあ騒《さわ》いで彼女に追いつこうとする。が、そのうちの一人が大きくつまずく。

あっという間に前のめりになり、地面へ倒《たお》れる——。

寸前、一陣《じん》の風のようにクロエが走った。倒れ込む子供と地面の間に滑り込み、抱《だ》き留《と》める。そのまま地面を滑り、砂埃《すなぼこり》と共に停止。

突然のことに子供たちが固まる中、悠然《ゆうぜん》とクロエは立ち上がり、子供の様子を確かめる。転びかけた子供はきょとんとしたが、やがて弾《はじ》けるばかりの笑顔《えがお》になり、頷く。

ぽん、ぽんと彼女は頭を撫でると——不意に、地を蹴ってまた駆けだす。それを合図に、またわっと子供たちが駆け回り始める。

「……クロエさんに任せれば、子供たちは安全、ですなぁ」

「まぁ、彼女からしてみればあれくらい、屁《へ》でもないですからね」

「は、はは……凄《すさ》まじいお方だ」

少し引きつった笑みを浮かべたロッサにエルドは苦笑いを返し、鬼《おに》ごっこをしているクロエたちを見つめていると、ふと子供たちの一人がこちらに手を振る。

「エルドお兄ちゃん！　見ていないで手伝ってよ！」

「そうだぞっ！　お兄ちゃんじゃないと勝てない！」

「はは、確かにそれはそうか……では、ロッサさん、子供たちがお呼びなので」

「うむ、疲《つか》れたら戻ってきてください。家内が夕食を作ってくれますので」

「では、お言葉に甘《あま》えて、お腹を空かせてきます」

エルドはロッサに頭を下げると、窓を開け放ち、床《ゆか》を蹴って外へと飛び出る。ひらりと宙返りしながら着地すると、子供たちの歓声《かんせい》が上がる。

その一方で、クロエはとん、とんと爪先《つまさき》で地面を突くと首を傾げる。

「エルド、さん、やる気、ですか？」

「まぁ、子供たちのリクエストなんでね」

「全く、エルドさんは、お人よしです」

「その言葉、そっくりそのまま返すよ」

言葉を交わし合うエルドとクロエを、子供たちはわくわくした目つきで見守っている。

クロエはその期待に応えるように、構えを取って告げる。

「エルドさん、とはいえ……負けるわけには、いきません」

「その余裕はいつまで続くかな？　こっちには策がある」

エルドは余裕たっぷりに言葉を返す。クロエが微かに眉《まゆ》を寄せるのを見ながら、にやりとエルドは笑みを浮かべ、周りの子供たちを見回した。

「よし、みんな、手を貸してくれ。みんなでクロエを捕《つか》まえるぞ」

その言葉に子供たちが歓声を上げて駆《か》け出す。迫《せま》る子供たちにクロエは目を見開き、珍《めずら》しく慌てた口調で声を上げる。

「ま、待って、ください、それは、ずるい……！」

「問答無用、勝てば国軍だ！」

「待てぇ、クロエお姉ちゃんー！」

「……っ」

クロエの足が加速する。だが、先ほどのまでの奔放《ほんぽう》な動きは鳴りを潜《ひそ》めている。

当然だ。クロエに追いつくことができるエルドが参戦している。迂闊《うかつ》に跳躍すれば、空中では身動きが取れなくなり、エルドに容易《たやす》く捕まってしまう。

また子供たちに気を取られ、エルドの間合いに入ればそこでもアウト。

かといって、エルドを警戒《けいかい》し過ぎれば、子供たちの物量を捌き切れない――。

「ずるい、ですっ、エルドさん――っ！」

彼女の初めて聞くくらい大きな悲鳴が、夕焼け空に響《ひび》き渡った。


「勝負、です。エルド、さん」

村の広場での鬼ごっこの翌日、晴《は》れ渡った空の下でクロエが言い放つ。

その声に薪割《まきわり》をしていたエルドはまばたきをしながら首を傾げた。

「……珍しいな、クロエから言い出すとは」

短刀を切り株に振り下ろす。薪《まき》がぱこんと小気味いい音を立てて二つに割れた。クロエは斬り終えた薪をまとめながら、むっと唇を引き結ぶ。

やがて、ぼそりと低い声でつぶやいた。

「昨日の、リベンジです」

「……あの鬼ごっこのか？」

「そう、です……あんな、負け方は、納得できません」

そう頷くクロエの視線には、不機嫌《ふきげん》さがありありと残っている。

（……そこまで、ひどいことはしていないつもりだけどな……）

はて、とエルドは内心で首を傾げる。

昨日の鬼ごっこはあくまで子供たちとの遊びだ。だから、エルドは敢《あ》えて本気を出すことなく、子供たちの支援《しえん》に回っていただけである。

結局、クロエは子供たちに捕まり、その後もしばらくじゃれ合っていたが――。

「子供たちに負けたことは、いいです。所詮《しょせん》、あれは遊びですから」

クロエはまとめた薪を家の傍の薪置き場に運ぶ。エルドはそれの手伝いをしていると、彼女は横目で軽くエルドを睨んできた。

「ですが、エルドさんに、ああいう風に、負けるのは……悔しい、です」

「ああいう、というのは？」

「互いに、本気でない、戦いで、です」

「……そりゃあ、クロエ、子供たちを前にして本気を出すわけにもいかんだろう」

思わずエルドは苦笑いをこぼしてしまう。

身軽な動きをしていたクロエだが、一応、あれでも手加減した動きである。本気になったクロエとエルドの動きは、まず前提として視界に捉《とら》えることすら難しい。

そんな人外の鬼ごっこを子供たちに見せるのはさすがに教育によくない。

（……まぁ、とはいえ、クロエの言い分も分からなくはない、か）

自分の本気を出せずに負けた戦いは、どうしても悔しいのだ。

悔しいというよりも、自分に腹が立つ。どうして、こんな無様な戦い方をしてしまったのだろうか、と自分を責めてしまうのだ。

その悔しさはエルドもクロエも味わったことがあるから――。

じっと見つめてくるクロエの視線を見つめ返し、エルドは口角を吊り上げる。

「なら、やろうか。仕切り直して、今度は二人だけで、本気の鬼ごっこ」

「そう、こなくては」

クロエがほんの少しだけ嬉しそうに表情を緩ませる。だがそれも一瞬、すぐにいつもの澄《す》ました無表情になり、淡々《たんたん》と言葉を続ける。

「では、準備を、しましょう」

二人の家の裏はちょっとした広場になっている。

一角は畑になっているが、それ以外は何も作られておらず、二人で常々何を作ろうか話し合っている。今は空き地のその場所で二人は向かい合った。

クロエは無表情のまま、軽くとんとんと地面を爪先で叩きながら言う。

「では、ルール、の確認《かくにん》、ですが」

「まあ、確認するまでもないが――お互いの『尻尾《しっぽ》』を取ったものが勝ちだな」

「単純、ですからね」

くるり、とクロエはその場で一周する。その黒衣《こくい》のお尻の部分に、白い布が垂れ下がっている。いわば『尻尾』だ。

同じものが、エルドの背後にもついている。お互いの下着に軽く縫《ぬ》い付けられているので、激しく動いても取れない。奪《うば》うには、しっかり掴《つか》んで引き抜く必要がある。

つまり、相手の背後を取った方が勝つわけだ。

「昨日と同じ、鬼ごっこでは、つまらないですからね」

「それにこちらの方が、お互いの強みを活《い》かせるからな」

「は、い……今日ばかりは、本気で、やらせてもらいます」

そう言うクロエは無感情、無表情――何も感じていないような口調。

だが、エルドには逆にひやり、と背筋に冷たいものを感じる。

(クロエも、本気だな……)

朝の運動ももちろん、彼女は本気を出しているが、今回は本気の度合いが違う。

彼女が本気を出すときは身構えたり、殺気を出したりしない。むしろ、その逆だ。周りの空気へ溶《と》け込んでいく。そして、気がつけば姿を消しているのだ。

いわば、無気配。その域まで達すれば、懐《ふところ》に入り込まれても気づけない。

エルドは逆に身を低くし、気迫を高めていく。じり、と爪先に力を込め、全方位からの攻撃《こうげき》に備える。視線は鋭《するど》くクロエを捉えている。

その中で、クロエは淡々とした口調と共に首を左右に揺らす。

「では、そろそろ始め、ますか」

「……ああ、そうだな」

「折角ですので、何か賭《か》けましょう」

ゆら、ゆら。徐々《じょじょ》に声も揺れてくる気がする。眉を寄せながらエルドは応じる。

「構わないが、何を賭ける？」

「そう、ですね。では――」

ふと、クロエの視線が横に流れる。単純な視線誘導《ゆうどう》だ。

釣られないように、クロエの唇《くちびる》に視線を向ける。その形のいい唇が動いた。

「勝った方が、今日の夜の主導権を握るのは？」

思わず動揺《どうよう》し掛《か》ける。それを押《お》し隠《かく》しながら、エルドは不敵に笑う。

「いいのか？　僕《ぼく》が勝ったら、この前以上に激しいぞ？」

「逆に、私が勝てば、エルドさんをたっぷり絞《しぼ》り、取れます」

「……負けられないな」

「負けられ、ませんね」

二人の視線が交錯《こうさく》する。クロエはふっと笑みを浮かべ――。


「では、試合開始、です」


その声は不意に右から聞こえた気がした。目を見開き、視線を右に向け。

失策を、悟《さと》る。

(しまった、やまびこの術ッ!)

意識を逸《そ》らした隙《すき》に、彼女の気配は消えていた。視界にはクロエの姿がない。エルドは流れるように半身になり、尻尾を庇《かば》うように構える。

視線で捜していては間に合わない。五感を研《と》ぎ澄ませて、痕跡《こんせき》を探《さぐ》る。

左の方から、微かな物音。反応しかけた身体を、すんでのところで止める。

(違《ちが》う、これもフェイク……ッ!)

神経を研ぎ澄ませる。物音に隠された本当の気配は――。

（……下ッ！）

後ろに下がりながら、自分も体勢を低くする。その視界に映ったのは、地を這《は》うように駆けるクロエだった。看破されたと悟るや否《いな》や、彼女は横に弾かれたように跳《と》ぶ。

素早《すばや》い動きで回り込もうとするクロエ。それを視界の端《はし》に捉えたエルドは、ぐっと爪先で地面を蹴《け》った。剣術《けんじゅつ》で鍛《きた》え上げられた踏み込みが、一気に身体を加速させる。

一瞬で容易くクロエの正面に回り込み、クロエの行く手を阻《はば》んだ。

たった一歩で回り込まれたクロエは、大きく目を見開く。その間にも、エルドはさらに地を蹴る。二歩目で、彼女の背後に回り込みながら手を伸ばす。

「――ッ！」

クロエの反応は機敏《きびん》だった。急ブレーキを掛けると同時に、地面を踏み切る。そのまま、華麗《かれい》に後方宙返りを切る。させじと、エルドは間合いを詰《つ》め、手を伸ばす。

その指先が、尻尾に掠《かす》める。だが、掴めない。

一瞬の交錯は終わり、クロエは十分に間合いを取ってから息をつく。

「相変わ、らず化け物、みたいな、加速です、ね……っ！」

「そう言うクロエだって、やまびこの術――全く、どうやっているんだ」

全く違う方向から音を放つことができる、彼女の秘技。やまびこの術。

彼女が左にいるのに、右から声を送ることのできる、謎《なぞ》の技だ。

クロエは少しだけ口角を吊《つ》り上げると、首を傾《かし》げながら人差し指を唇に当てた。

「門外不出《もんがいふしゅつ》、なので秘密、です――なら、ここからは、さらに本気、で」

「行かせると思うか？」

じり、と間合いを詰める。すでに、そこはエルドの間合いだ。

気迫を放つことで、クロエの位置を完全に捕捉している。ここから意識を逸らさなければ、クロエの気配を逃《のが》すことはない。

それを自覚しているのか、クロエはわずかに唇を噛《か》み、一歩後ずさる。

その間合いを詰めるように、さらに一歩。歩幅《ほはば》の違いで、じりじりと間合いが詰まっていく。エルドは油断なく気を張り巡《めぐ》らせ――。

不意に、風が吹《ふ》いた。

そこまで強くない風。だが、その風は落ちていた枯《か》れ草《くさ》を舞《ま》い上げる。それが視界を横切った瞬間、ふっとクロエの目が笑った気がした。

直後、彼女の姿が掻《か》き消える――エルドは軽く舌打ちした。

（しまった、視界を遮《さえぎ》られた一瞬で……っ！）

一瞬で姿を消しながら気配を消す。熟練の腕前は見事というしかない。

これで、先ほどに逆戻《ぎゃくもど》り。目で捜そうとすれば却《かえ》ってそれを逆手にとって、背後を取られてしまう。五感を研ぎ澄ませ、また察知しなければならない――。

「そう簡単に、上手《うま》く、行き、ますか？」

真後ろからの声――違う。騙《だま》されるな。

「私も、本気で」

「やりますよ？」

左と、上。ほとんど同時に声が響いている。

視界の端で影がちらつく。右から風が吹きかかる。真後ろで足音。足元で息遣《いきづか》い。布が擦《す》れる音――エルドはそれらを感じ取りながら、息を詰める。

彼女は捕捉《ほそく》されないように間近で動き回りながら、かく乱しているのだ。

逆に、どれかに気を取られた瞬間、背中に回り込まれる。

（チャンスは、一度――逃したら、終わりだ）

ひりつくような気配に、口角を引きつらせる。

これだけ緊張感《きんちょうかん》のある戦いは、魔王《まおう》決戦以来ではないだろうか。ごくり、と唾《つば》を呑《の》み、息を整えていく。全神経を、全方向に。

自然と一体になり、ゆるやかに意識を伸ばしていき——。

五感に何かが触れた。

(——ッ!)

エルドはためらわなかった。弾かれたようにその方向へ踏み込む。瞬間、突然《とつぜん》、目の前に現れたようにクロエの姿が視界に飛び込んでくる。

下着姿の彼女は目を見開き、その場で固まっている。獲《と》れる、と確信した瞬間。

〈死神〉が、歪《いびつ》に口角を吊り上げた。

「感じ取ってくれると、信じていましたよ」

その声が響き渡《わた》ると同時に、足元に何かが絡《から》みつく——クロエの、黒衣だ。

背筋が凍《こお》る。足に絡みついたそれが、離《はな》れない。

体勢が崩《くず》れて倒れ込むエルド。その視界の端で、下着姿の彼女が、堪《こら》え切れずに笑みをこぼしているのが見えた。

それを見て、一瞬で全てを理解する。

（動き回っていたのは、ただの陽動じゃない、罠《わな》を仕《し》掛《か》けるためか――！）

その間に、自分の黒衣を脱《ぬ》ぎ、足元へと仕掛けていた。

つまり、全ては彼女の掌中《しょうちゅう》で踊らされていたのだ。

悔《く》やんでもすでに時は遅《おそ》い。もう、彼《かれ》は地面に倒れ込む寸前だ。

その機を逃すはずが、なかった。クロエが音もなく踏み込み、エルドの尻尾へと手を伸ばす。絶体絶命の窮地《きゅうち》に、エルドは目を見開く。

（まだ――終わらんッ！）

体を捻《ひね》り、わずかにクロエの手から逃れる。

それは悪あがき。ほんの少しの時間しか稼《かせ》げない。だが、それだけで十分だ。その間に、体勢は完全に崩れ、地面に手をつき――。

そのまま、地面を力強く突き飛ばした。

「ッ！」

身体を勢いよく半回転――そこには、クロエの顔が間近にあった。

（尻尾を取る瞬間は、絶対に接近する――！）

それを逆手に取った、苦《くる》し紛《まぎ》れのカウンターだ。あとは、どちらの手が尻尾を取るのが早いか――二人の目が、刹那《せつな》の間に燃え上がる。

お互いが気迫《きはく》を張《みなぎ》らせ、一気に腕《うで》を振り抜《ぬ》き——そして、交錯。

エルドは前に倒れ込み、クロエは前転するようにして馳せ違う。

はたして——エルドの手の中には、一枚の布があった。


「…………」

エルドは地面に倒れ込んだまま、その布切れを一瞥《いちべつ》し、黙《だま》り込む。

それは、紛《まぎ》れもなく、白い布だった——パンツ、という名の。

やがて、ぺたぺたと足音をわざとらしく立てて、クロエがエルドの目の前に立つ。視線を逸らしていると、彼女はその前に回り込んで膝《ひざ》を揃《そろ》えてしゃがんだ。

さらしだけ巻いた姿の彼女は、無表情——だが、半眼でじっとエルドの目を見てくる。

針のむしろのような気分の中、エルドは口を開く。

「その、わざとじゃない……すまん」

「……エルドさんの、えっち」

彼女は小さくそう呟《つぶや》きながら、わずかに頬《ほお》を染める。その言葉と、手の中の感触が、エルドに十分な敗北感を与《あた》えてくれた。

「お久しぶりですな、お二方」

その日の村の広場は、大いににぎわっていた。

荷馬車が並び、筵が広げられた広場で村人たちが話に花を咲かせる――今日は行商人が訪《おとず》れる日だ。そこへエルドとクロエは足を運ぶと、見知った商人が頭を下げてくる。

エルドは笑《え》みを返しながら、手を差し伸べて握手《あくしゅ》する。

「こんにちは、ルークさん」

「元気、だった？」

「ええ、おかげさまで。少々、今月は来るのに手間取りましたが」

およそ二か月ぶりに村を訪れた行商人、ルークは朗らかな笑顔を見せるが、その表情には微《かす》かな疲れが浮かんでいる。行商の疲れでは、なさそうだ。

エルドは軽く眉を吊り上げ、荷物を置きながら訊《たず》ねる。

「何か道中でありましたか？」

「ええまぁ。私たちはいつも北方から来るのですが、その途中《とちゅう》で魔獣《まじゅう》が出たらしく」

「魔、獣……？」

「どうやら大分、危険な魔獣らしく、騎士団《きしだん》が街道を封鎖《ふうさ》していたのです。おかげで迂回《うかい》を余儀《よぎ》なくされましてね……」

ルークはやれやれとため息をこぼしていたが、すぐに切り替《か》えるように咳払《せきばら》いをし、いつもの朗らかな笑みでエルドとクロエに明るい声を掛ける。

「つまらない愚痴《ぐち》を聞かせましたな、それよりも楽しいお買い物の時間と致《いた》しましょう」

「ええ、そうですね……」

エルドとクロエは頷きながらも、一瞬だけ視線を交《か》わし合った。

ルークの話は少し引っ掛かる内容だった。騎士団が街道を封鎖する、というのは普通《ふつう》の魔獣の対応ではあまりしない。何かを警戒しているような動きだ。

とはいえ、今の国の戦力ならば、どんな魔獣でも対応できるはず。

少し気に掛ける程度にしておけば、恐らくは問題ない。

それはさておき、と気を取り直し、地面に置いた籠《かご》から荷物を取り出す。

「さて、ルークさん、お待たせしました」

「毛皮を、持って、きた」

「おお、それは……！　では早速《さっそく》拝見しても？」

一瞬にして目の色を変え、揉《も》み手《て》をするルークに、エルドは取り出した毛皮を見せる。

彼はそれに手を滑《すべ》らせると、うっとりとため息をこぼした。

「……いやはや、相変わらずいい毛皮でございますな。エルドさん」

「いい大物が手に入りましたので」

「この肌触《はだざわ》りといい、大きさといい、申し分ないです……では、お値段ですが」

そう告げるルークは真剣《しんけん》な目つきで見分し、毛皮の質を確かめると、価格を口にする。

エルドはクロエを見やると、彼女は頷き返した。

「では、それでよろしくお願いします」

「はっ、毎度ありがとうございます」

「それ、で……今回は、何か、仕入れて、きた……？」

「それはもちろんですとも、クロエさん。ささ、こちらをどうぞ」

待ってましたとばかりに、ルークは筵《むしろ》の上の木箱を開ける。それを目にしたクロエの目つきが鋭く細められる。

「……まさか、シナモン……」

「さすが、お目が高い。他にもいろいろ取り揃えまして」

「なる、ほど……」

木箱の中に目を走らせると、クロエは遠慮《えんりょ》がちにエルドを見てくる。エルドは笑って頷くと、クロエは目で礼を告げてからルークに視線を戻した。

「もっと、見せてもらって、いい？」

「今回もいろいろ買って下さりますかな？」

「旦那《だんな》が、許可して、くれた……から」

クロエはそう言うと、ルークは深々と頷き、彼女にさまざまな商品を見せ始める。それを一歩離れて見守っていると、ぽん、と肩《かた》を軽く叩《たた》かれた。

「よう、エルドさん、調子はどうだ？」

「ああ、グンジさん。こんな調子ですよ」

エルドがクロエの方を視線で指し示すと、グンジは納得したように頷いた。

「奥《おく》さんは買い物を楽しんでいるみたいだな」

「ええ、グンジさんの方は？」

「ん？　ああ、俺《おれ》も似たようなもんだ」

グンジは別の行商の方を示す。そこでは彼の妻と妹のリサが仲良く買い物をしている。装飾品《そうしょくひん》を吟味《ぎんみ》しながら、楽しそうに会話をしている。

「もうしばらくあんな感じだ。で、旦那衆と時間潰《つぶ》しだな」

「なるほど、みなさんもそんな感じみたいですね」

ぐるりと広場を見回すと、行商から離れている人たちは男ばかりである。その一角には人だかりができており、白熱した雰囲気《ふんいき》が伝わってくる。思わず眉を寄せると、グンジはそれを見やってにやりと笑う。

「あそこは賭場《とば》だよ、賭場」

「賭場……？」

「ああ、暇《ひま》な旦那衆がやっているんだ。つっても単純なサイコロ博打《ばくち》だけどな。男たちは行商で金を使わない代わりに、こういうところで使っているのさ」

「なるほど、これも行商の楽しみってわけですね」

普段《ふだん》から賭場が開かれているのなら心配だが、たまの息抜《いきぬ》きとしては悪くないのかもしれない。グンジは肩を竦《すく》めながら頷いて言う。

「みんな畑仕事か子供の相手ばかりだから、こういうときじゃないとみんなで遊べねえからな……と、そういえば、エルドさん、娘《むすめ》の面倒《めんどう》を見てくれてありがとな、助かっているぜ」

「まぁ、週に二度程度ですけどね」

「それだけでも助かるっての」

エルドとグンジは軽く笑い合うと、そのまま雑談に興じる。畑の実りや子供のこと、最近の天気のこと——久々に会った知人との話は尽《つ》きない。

その一方でクロエは真剣に商品を選び続けている。ルークも顧客《こきゃく》の望みを心得ているのか、次々に品物を出し続けている。それを見やっていると、グンジは苦笑いをこぼす。

「奥さんは熱中しているなぁ」

「ま、たまには息抜きにいいと思いますがね」

「お、優《やさ》しい旦那さんだ。で、旦那は何も買わないのか？」

「ん、そうですね……」

特に何も買う用事はなかったが、グンジの顔を見てふと思い出す。

「……そういえば、酒も売っているって言っていましたよね？」

「ん、そうだぞ。と……こっちだな」

グンジの案内で、隣《となり》の荷馬車の方へ移動する。その前に広げられた筵の上には酒瓶《さかびん》がずらりと並んでいる。

「エルドさんも酒はイケる口か？　強いのから弱いのまで、ここの行商は揃えているからな。この果実酒とかオススメだぞ？」

「ん……米酒がいいかな……」

「お？　なんだ、エルドさん、米酒が好きなのか」

「というより、クロエが結構好みでして」

その言葉にグンジは苦笑いをこぼし、肩を叩く。

「なんだ、また奥さんの好みか。エルドさんは愛妻家だな」

「妻が喜んでくれるのが、一番嬉しいですから」

「お、惚気《のろけ》るねぇ。そんなエルドさんにオススメなのは……この米酒だな」

筵の上にある陶器《とうき》の瓶をグンジは一つ持ち上げてにやりと笑う。

「どちらかというと辛口《からくち》。これぞ米酒の中の米酒って酒だ。その分、値は張るが……」

「じゃあ、それを買いましょう」

「……おいおい、即決《そっけつ》かよ」

苦笑いを浮《う》かべるグンジから米酒の瓶を受け取りながら、エルドは笑みを返す。

「愛する妻のためですから」

その後、商人から値段を聞き、その額を支払《しはら》う――値が張ると言っていただけあり、そこそこの値段だったが、エルドは惜《お》しみなく支払った。

クロエを労《ねぎら》うのに、これくらいの出費は痛くもかゆくもない。

（……それにこの前の鬼ごっこでは、恥《はじ》を掻《か》かせたからな）

いくら夫婦であるとはいえ、いきなり下着を脱がしたのはよろしくない。

親しき仲にも礼儀《れいぎ》あり。謝《あやま》る意味でも、ここで金は惜しみたくなかった。

エルドがその陶器の瓶を抱《かか》え直していると、ふとグンジが何かに気づいたように視線を別の方向へと向ける。

「お、エルドさん、奥さんが俺の家内と話しているぜ」

「あ、本当ですね」

グンジと酒を選んでいる間に、ルークとの商談を終わらせていたらしい。別の荷馬車のところで、クロエはグンジの妻とリサと共に何か話《はな》し込んでいる。

彼女がいる場所には以前、エルドが組紐《くみひも》を買った女性の商人がいる。数人で何やら熱心に話し込んでいるようだ。エルドの視線に気づいたのか、クロエは彼を少し振《ふ》り返り、何故《なぜ》か不意に逸らされる。

（……お？）

どうやら、あの買い物はエルドに秘密にしておきたいらしい。エルドは視線を逸らすと、グンジに視線を向けて肩を竦める。

「どうやら、まだ買い物が続きそうです」

「の、ようだな……折角《せっかく》だ、エルドさん、たまにはサイコロ博打でもしねえか？」

「まだ時間もかかりそうですし、いいですよ」

「お、そう来なくちゃ。エルドさんから金をまくってやるぜぇ」

「はは、お手柔《てやわ》らかに」

エルドはグンジと共に、広場の隅《すみ》で博打に興じる旦那衆の方に足を向ける。そうしながらもう一度、クロエの様子を窺《うかが》う。

（……さて、彼女は何を買いたいのかな？）

少しだけ気になる気持ちをぐっと堪え、エルドは視線を逸らした。

エルドとグンジが旦那衆と博打に興じているのをクロエが見ていると、ふと隣の女性が困ったようにため息をこぼした。

「全く、ウチの人はまた……悪いね、クロエちゃん。エルドさんを巻き込《こ》んで」

「い、え……ウチの、旦那も息抜きが、必要なので」

「そう言ってくれて助かるわ……エルドさんが負けたようなら、あたしに言いなさいよ？ウチの人をとっちめてやるんだから」

そう言う逞《たくま》しい女性に、クロエはこっくりと頭を下げて礼を言う。

「いろいろ、ありがとう、ございます。アンネ、さん」

「気にしないでいいわよ、クロエちゃんからはたくさん肉をもらっているんだから」

グンジの妻、アンネは溌剌《はつらつ》とした笑みをこぼし、その隣に立つリサは手を合わせて微笑《ほほえ》む。

「本当、お世話になっています。子供たちの面倒もそうですし」

「そうよ、二人は子供たちからすごく人気なんだからねぇ、それに比べてウチの人は飲んだくれの博打《ばくち》好き……エルドさんみたいな甲斐性《かいしょう》があればねぇ……」

「それはすごく分かります。義姉《ねえ》さん。エルドさん、頼《たの》もしいですよねぇ」

兄嫁《あによめ》に同意するリサに、クロエは視線を向け、ぼそりとつぶやく。

「エルドさんは、あげませんよ？」

「ふふ、分かっています。クロエさんはエルドさんが大好きですものね」

「そうよねぇ、クロエちゃんは健気《けなげ》よねぇ……旦那のためにいろいろ考えて」

リサとアンネは揃ってからかうように悪戯《いたずら》っぽい笑みを浮かべる。クロエはなんとなく気恥《きは》ずかしくなり、視線を逸らしながら言う。

「否定は、しないけど……これは、あくまで、私のため、だから」

「そうですね。クロエさんのお洒落《しゃれ》のためですよね」

「ええ、じゃあ早速選びましょ……！　クロエちゃんの、勝負下着……！」

そう言いながら、アンネとリサはその荷馬車に向き直る。その荷馬車の前には女性の商人が木箱に腰《こし》を下ろし、目立たないように女性ものの下着を広げていた。

クロエがそれを買おうと思い立ったきっかけは、鬼ごっこのとき。

エルドのあの反応が、気に食わなかったのである。

（……あのとき……下着姿を見たのに、エルドさんは動揺、しなかった）

クロエの計算では最後の交錯の直前、本来ならばエルドはもっと動揺していたはずなのである。突然、好きな人の半裸《はんら》を目にすれば、動きが鈍《にぶ》るはずなのだ。

実際、クロエも突然、エルドの上半身裸《はだか》を見れば動揺する自信がある。

それなのに彼は動揺を見せずに勝負を続行したのだ。

そのことにクロエは釈然《しゃくぜん》とせず、その日の下着を洗濯《せんたく》していて、ふと気づいたのだ。

（……下着に、色気がない）

いつもクロエが身に着けているのは、白の木綿《もめん》のパンツだ。薄手《うすで》の布地を折《お》り込んであり、いざとなればそれを解くことで包帯代わりにも使える。

密偵《みってい》のときはそういう利便性を考えていたが、はたして彼の妻としてそれは少々魅力《みりょく》に欠けるのではないか？　もっと目を惹《ひ》くような下着の方がいいのでは？

悩《なや》んだ末に今回もまた、リサに相談し、一緒《いっしょ》に下着を見てもらいに来たのだ。

「しかし……いろ、いろ……下着が、ある」

「意外と売れるのですよ、衣服の他に、下着も」

女の行商がそう言いながら、木箱の中を見せてくれる。そこにはいろとりどりの布が入っている。これが全部、下着らしい。

「今、王都では工業化が進み、衣服も安く出回るようになったんです」

「なる、ほど……王都の、流行《はや》り、は？」

「シンプルなものでしょうか」

そう言いながら行商が取り出したのは、薄手の布きれ。三角の生地《きじ》を二枚縫い合わせたような頼《たよ》りない下着だ。素材は絹……高級そうな雰囲気を醸《かも》し出している。

だが、それを見てアンネは首を振って告げる。

「確かに素材は良さそうだけど、違うわ」

「そうですね。義姉さん、もっと装飾《そうしょく》がついたものがいいと思います」

真剣な目つきでリサも頷《うなず》き、行商の女性も一つ頷き、別の下着を出す。

「お話を伺う限り、男性を誘《さそ》う勝負下着ですものね」

「……別に、そういう、ものでは……」

クロエは思わず小声で抗議《こうぎ》の声を上げるが、熱中し始めたアンネとリサの耳には届かない。行商の取り出した下着を見やり、クロエと見比べる。

「……大人過ぎ、よね。クロエちゃんの体型だと」

「はい、もう少し年相応な部分を残した方が」

（……それ、は、私が、幼児体型、だと言いたい、の……？）

内心で少しかちんと来るが、クロエは表情に出さず落ち着いて見守る。

ここで下手に事を荒立《あらだ》てない方がいい。エルドを動揺させるような下着を選んでもらうためにも、ここは経験豊富な女性たちの意見に耳を傾《かたむ》けるべきだ。

「黒という線は悪くないわね……クロエちゃん、肌《はだ》が白いから」

「いえ、クロエさんは黒い服を好んでいますから……被《かぶ》ってしまうのもよくありません」

「なるほど、一理あるわね。男って服の間からちら見えするのに何故か興奮するんだから」

「何故でしょうね、全く……」

（服の間から、ちら見え、が興奮する……？）

その言葉に耳を傾けながら、クロエは少し想像してみる。

もし、エルドが服を着崩《きくず》していたら――シャツの合間からのぞかせる、逞《たくま》しい胸板《むないた》や鎖《さ》骨《こつ》、そこを滴《したた》り落ちる汗《あせ》……。

想像しただけで思わずごくりと唾を呑み込んでしまう。

（なる、ほど……参考に、なるかも）

心のメモに刻《きざ》み込んでいる間に、アンネとリサは行商と相談して商品を決めたらしい。

振り返った二人の視線をクロエは見つめ返すと、首を傾げる。

「どう、です、か……？　いい品が、あります、か？」

「ええ、私たちが思うのは、これかしら」

「これをクロエさんが気に入るかどうか……ですが」

そう言いながら二人は一枚の下着に視線を向ける。それを目にして、思わずクロエは一《いっ》瞬《しゅん》だけ思考が止まってしまう。今までに見たことのない下着で、大胆《だいたん》な気がする。

だが、直感的に感じる――これならば、と。

まるで、業物《わざもの》の短刀を手にした瞬間《しゅんかん》の確信。それを信じ、クロエは頷く。

「……いい、と思う。これに、する」

「毎度ありがとうございます」

女行商が嬉《うれ》しそうに告げ、値段を告げる。その価格は普段の下着に比べればはるかに高いが、これでエルドの心を奪えるのならば安すぎるくらいだ。

代金と引き換《か》えに品物を受け取ると、アンネとリサに頭を下げる。

「あり、がとう……選んで、くれて」

「いいのよ、クロエちゃん、私たちも楽しかったし」

「ええ、クロエさん、頑張《がんば》ってくださいね」

二人の応援《おうえん》を受け、クロエはその下着を懐に収めてしっかり頷き返す。そして、視線をエルドの方に向ける。そこではエルドがグンジと話しながらサイコロを振っている。

その横顔を見つめ、心の中でクロエは闘志《とうし》を燃やした。

（……今度、こそ……エルドさんを、動揺、させてみせます……！）


その日の夜、家に戻《もど》ったクロエはそわそわしていた。

食事を終えた後、水浴びをして囲炉裏《いろり》の傍《そば》。正座して、炭を突《つつ》きながら外に耳を澄ませる。外の井戸ではエルドが身体を流しているはずだ。その気配にクロエは太ももを擦り合わせる。

身に着けた下着は普段と着け心地が違い、なんだか落ち着かない。

これで今日、彼のことを悩殺《のうさつ》しようと決めたが、その待ち時間が長い。

（……まぁ、仕方ない、ですけど）

エルドは家に戻ってからも畑仕事に精を出し、クロエはそれを手伝っていた。二人とも身体が汚《よご》れており、クロエも大分長く身体を流していた。

エルドも今日はしつこい泥《どろ》の汚れを落としていることだろう。

そう思いなら炭を突いていると、一際《ひときわ》大きい水音と共に水音が止《や》む。それを合図にクロエはぴたりと動きを止め、背筋を伸《の》ばす。

やがてしばらくして、髪《かみ》を拭《ふ》きながらエルドが家に戻ってきた。

濡《ぬ》れた髪と、引っかけただけのシャツ――妙《みょう》に色っぽく感じるのは、クロエが意識しているせいだろうか。上ずりそうになる声を抑《おさ》えながら、クロエは頭を下げた。

「おかえり、なさい、エルドさん」

「ああ、ただいま。大分さっぱりした」

「今日はいろいろお仕事、されましたから……お茶、でも煎《い》れます、か？」

逸《はや》る気持ちを抑えて、気持ちを落ち着けるためにクロエは訊ねると、エルドは微笑《ほほえ》みと共に首を振り、クロエの傍へ腰を下ろした。

「それよりも、一緒に楽しみたいものがあるんだが……クロエさえ、良ければだけど」

優しい視線と共に、エルドがクロエの目を見つめてくる。その視線にクロエはどきりとしてしまう。無意識に太ももを擦り合わせ、目を見つめ返す。

（もしかして……もう、そういう気分、だったり……？）

そういう誘いなら願ったり叶《かな》ったり……だが、いきなり過ぎはしないだろうか。

「い、今から……ですか？」

「もちろん。むしろ、今からの時間が本番だろう」

「……確かに、そう、ですが……」

「それに、クロエのことだから期待していたんじゃないのか？」

エルドのからかうような声に、思わずかっと頬が熱くなる――図星だ。何故《なぜ》なら、下着も新調してエルドのことを待っていたのだから。

たまらずクロエは視線を泳がせると、エルドは悪戯っぽく笑い、傍《かたわ》らから何かを取り上げる。

「それじゃ楽しむとしようか……晩酌《ばんしゃく》でも」

その言葉にぴたり、とクロエの視線が止まる。やがてその視線を落とすと、エルドは満面の笑みと共に陶器の瓶を掲《かか》げていた。それを見て目をぱちくりさせる。

「……お酒、ですか」

「ああ、お酒だ。ほら、盃《さかずき》」

木を削《けず》った盃を渡され、クロエは無表情で受け取った。ひくり、と口《くち》の端《は》が動きそうになるのを必死に律し、内心で大きく悶《もだ》える。

（……うう……私は、なんて勘違《かんちが》い……を……）

ただのお酒の話を勘違いするなんて、なんてはしたないのだろうか。

エルドに気づかれていないのが救いだ。知られていたら彼を直視できなくなってしまう。

クロエは表情を動かさないように気をつけ、盃を突き出す。

「……下さい」

「はいよ、お嫁さん」

エルドは笑みをこぼしながら栓《せん》を開け、盃になみなみと澄《す》んだ酒を注《つ》いでくれる。漂《ただよ》う香りは豊潤《ほうじゅん》で胸いっぱいに吸《す》い込むと、少し気が落ち着いてくる。

（……そういえば、お酒、久しぶり）

実はクロエは大の酒好きである。共に行動していたエルドはよく知っていることだ。束《つか》の間《ま》の休息のときは、一緒に市で酒を見て回ったことがある。

戦時中は少ししか飲むことができなかった。密偵が酔《よ》い潰れていては、主であるエルドが危険に晒《さら》される。その気持ちで戒《いまし》めていたが、今はそうではない。

「今日はゆっくり二人で飲めそうだな」

「……は、い」

エルドの声にクロエは少しだけ表情を緩《ゆる》める。彼もまた楽しそうに目を細めると、盃を持ち上げてこつんとぶつけ合わせた。

「乾杯《かんぱい》」

（……さすがエルドさん、いい酒を、選びます）

久しぶりの米酒は、美味《おい》しかった。

淡《あわ》い口当たりで、さっぱりと口の中に酒の味が広がっている。少し雑味があるものの、久々の酒だけにその味わいが心憎《こころにく》い。

その香りを味わうように、ちびちびとクロエは盃を口にしていると、エルドは目を細めて言う。

「いい酒だな。雑味があるのが、逆に味わい深い」

「は、い……美味しいです」

「お代わりは？」

「いただき、ます」

とくとく、と注がれる米酒。それを口に含《ふく》み、味わう。芳醇《ほうじゅん》な香りが広がる。じわじわと身体の芯《しん》から熱が込み上げてきて心地《ここち》いい。

その目の前に、木の器が差し出される。果肉のお摘《つま》みだ。

エルドがさっくりと作ってくれた軽食だ。意外と彼はこういうこまごまとしたお摘みを作るのが上手である。

クロエは手を伸ばしてそれを口に運ぶ。甘酸《あまず》っぱい味わいと、程《ほど》よい塩気。つい酒が欲しくなり、酒を口にする。風味が変わった味わいが口の中にまた広がる。

「……これは、酒が、止まらなく、なりますね」

「ん、そうだな。意外にイケる」

エルドはそう言いながら目を細め、酒を口にする。彼の喉仏《のどぼとけ》がごくりと動くのを見て、クロエは何故かどきどきしてしまう。

酒のせいで、いつも以上に胸が高鳴り、エルドが魅力的《みりょくてき》に見えてしまう。

水浴びをした後の彼は、大体、シャツを着崩している。その合間から覗《のぞ》く胸筋と鎖骨が特に色っぽい。どきどきしてしまうのをごまかすように酒をさらに飲む。

「いい飲みっぷりだな。お代わりは？」

「あ、では……」

「はいよ。クロエは辛口の酒が好きだったよな」

そう言いながら、彼は酒を注いでくれる。クロエは少し目を見開いて訊ねる。

「……覚えていて、下さったのですか？」

「ああ、そりゃあな。クロエのことだし」

照れ臭《くさ》そうに笑う彼の表情。少し無防備で、情けなくへにゃりと笑う。彼もまた、酒の場で少し気が緩んでいるのかもしれない。

（そういえば……彼とお酒を飲むのも、久々……）

最後に飲んだのは、魔王決戦前、最後に立ち寄った街だったはずだ。それを思い起こしていると、エルドは目を細めながら笑みをこぼす。

「クロエと一緒に飲む酒は、前々から好きだったんだ」

「……そう、でしょうか？」

そう言ってもらって嬉しいが、何となく釈然としない。

軍中にいるとき、稀《まれ》にエルドと酒を酌《く》み交わすことがあったが、そのときはあまり雑談もせず、ただ米酒を粛々《しゅくしゅく》と飲むだけだった。

風と月を味わいながら、酒を二人で黙って飲む――そんなひと時だった。

クロエはその空気が居心地よかったが、とても楽しい雰囲気ではないはず。

その考えを見透《みす》かしたように、エルドは目を細めながらクロエの頭に手を置く。

大きな手が、そっと髪の毛を梳《す》いてくれる。その包み込まれるような掌《てのひら》を居心地よく思っていると、彼は優しく言葉を続ける。

「こういう雰囲気の、酒の場は嫌《きら》いじゃない。静かだからな」

「……そう、ですか」

ふと思う。そういえば、エルドは静けさをよく好んでいる。

前、酒の座で聞いたときには、彼は血の臭《にお》いや戦場の喧騒《けんそう》、あるいは権力争いなどの思《おも》惑《わく》が、うるさくて仕方がないとぼやいていた。

だからこそ、クロエの傍を好んでくれているのかもしれない。

優しく撫《な》でてくれる彼を見上げると、彼は目を細めて小さな声でつぶやく。

「もしかしたら、その頃《ころ》からクロエのことが好きで……」

「……え？」

「あ、いや……聞かなかったことに」

ふと、酔いに任せて口にした感じだった。慌《あわ》てて、彼は顔を背《そむ》ける。珍《めずら》しくその顔が赤くなっている。クロエも釣《つ》られて赤くなりながら、酒を口にする。

「──聞きません、でした。けど、覚えておきます」

「……うん、まあ、ご自由に……」

そこはかとなく、甘《あま》いやり取り。二人は顔を朱《しゅ》に染めながら、酒をちびちびとやる。少しだけ気まずかったが、二人で酌《しゃく》し合ううちに空気が緩んでくる。

いつの間にか、クロエはエルドの身体に寄りかかるようにして、酒を飲んでいた。

ちびり、と酒を口にし──ふと、盃が空になっていることに気づく。

黙ってエルドの手が伸び、瓶から酒が注がれる。代わりに瓶を受け取ると、クロエもエルドの盃に酒を注いだ。二人で視線を交わし、微笑みを浮かべる。

そのやり取りのまま、酒を口にすると、ふと瓶が軽いことに気づく。

「――大分、飲みました、か」

「ん、ああ、そういえば、そうか」

手にした瓶を揺《ゆ》らす。軽く水音が鳴るだけで、重みもない。二人で黙って飲むうちに、大分な量を干してしまったらしい。

エルドはまだ素面《しらふ》、クロエもまだ少し物足りない気分だ。彼女《かのじょ》は瓶を置きながら訊ねる。

「一瓶だけ、ですか？」

「いや、一応、在庫はある。今日はこれだけと思ったが……どうする？」

「……これを飲み終わったら、止めとき、ましょう」

さらなる酒はかなりの魅力《みりょく》だったが、ぐっと堪《こら》える。またこれから、二人で飲むお酒の時間のためだ。クロエも、この時間が好きだった。

それを見て取ったのか、エルドはくすりと笑って頷く。

「じゃあ、最後のお酒はクロエがどうぞ」

「……いい、のですか？」

「物足りないだろう？」

「それは……そう、ですが」

「個人的には、酔いつぶれたクロエも見てみたい」

「見たければ、樽《たる》で酒を買って、きてください」

軽口を叩きながら最後の酒もいただく。最後の一滴《いってき》まで、酒は芳醇な味わいだった。クロエがそれを味わっていると、エルドはふぅ、と手で扇《おうぎ》のようにして自分を扇《あお》ぐ。

「少し酔ったかな。火照《ほて》ってきた」

「エルドさんは、素面ですが」

「気を抜いていると、少しでも酔えるみたいだ」

エルドが酒に酔うところは、あまり見ない。最初の頃、少し見たような気もするくらいだ。クロエはそのことをふと思い出し、口角を吊《つ》り上げる。

「じゃあ、襲《おそ》って、しまい、ましょうか」

「寝首《ねくび》は、掻《か》けると思うなよ？」

エルドは軽く言葉を返し、笑い返す——その言葉は、聞き覚えがあった。

初めて二人で酒を飲んだとき。そのときはまだ、専属契約《けいやく》ではなく、一時的な契約で仕事をしていた。だから、クロエはエルドのことを信頼《しんらい》していなかった。

だけど、それはエルドも同じ。だからこその、剣呑《けんのん》なやり取り。

だが、今は信頼を帯びた、思い出をなぞるやり取りだ。

二人で思わず揃《そろ》って笑みをこぼす。エルドはぱたぱたと手扇で風を送りながら、胸元《むなもと》を開けて目を細める。

「別に、襲ってもいいぞ？　もう、クロエのことは信頼しているから」

そう言うエルドの胸元がはだけ、彼《かれ》の胸が見えている。色っぽい鎖骨に、大胸筋の盛り上がりが目を引く——別の意味で、襲いたくなってきた。

心なしか、彼の匂いも濃《こ》い。その香りに頭がくらりと来る。

徐々《じょじょ》にぼんやりしてきた頭の中で、ふと微かな思考がもたげてくる。

(今なら……いける、かも、しれない)

新調した下着で、揺さぶりをかけたら、あるいは——。

高鳴る胸は気分を大胆にさせる。クロエはエルドに寄りかかるようにして、そっと黒衣《こくい》の胸元を緩めて視線を誘う。

「——私も、酔ってしまった、かもしれません」

「……っ、クロエ……っ」

「ふふ、なん、ですか？」

クロエは上目遣《うわめづか》いでエルドを見上げる。彼の視線は微かに泳ぐが、それがどこを見ているかは一目瞭然《いちもくりょうぜん》だ。その視線にどきどきしながら、さらに彼に密着する。

そうすればもっと上から見えるはずだ――その、真っ赤な下着が。

(大胆、だと思いましたが……悪く、ないみたいです)

黒衣を肩からはだけさせる。露《あら》わになった下着は鮮《あざ》やかに赤く染められた絹布《けんぷ》だ。フリルやリボンがあしらわれ、可憐《かれん》にも見える下着。もちろん、上も下も揃えた。

エルドの視線が明らかに釘付《くぎづ》けだ。彼の息遣《いきづか》いが大きく聞こえる。

やがて、彼の掌がそっとクロエの肩にかかる。

「クロエ……」

その低い声が何を意味しているかは、分かり切っている。クロエは彼の目を見つめ返すと、はい、と小さく答えながら彼の首に腕《うで》を回す。

抱《だ》きしめると、彼の香りが酒と交じって包み込んでくる。

それに酩酊《めいてい》しながら――耳元で、クロエは小さく囁《ささや》いた。

「今度は……エルドさんで、酔わせてください」

「もちろんだ……少し、激しくなるかもな」

「望むところ、です」

二人で囁き合い、見つめ合うと――唇《くちびる》を重ね合わせる。お互《たが》いを強く求めるように、あるいは、お互いの口に残った酒を求めるように、激しい接吻《せっぷん》を繰《く》り返す。

そのうちに、じっとりと汗ばみ、胸が高鳴っていく――。

もう、ベッドに行くのも、もどかしかった。

第六話——二人の予期せぬ来客

episode 06

それはよく晴れた日——いつもの日常を思わせる、穏《おだ》やかな陽光が降り注ぐ昼下がりのこと。その気配は不意に前触《まえぶ》れもなく訪《おとず》れた。

その日、エルドとクロエは村の近くの里山の方で子供たちの面倒を見ていた。はしゃぎまわる子供たちをエルドが相手をし、クロエは笛を吹《ふ》いて彼らの興味を引く。

週に二度の賑《にぎ》やかな時間を楽しみながら——ふと、エルドは眉《まゆ》を顰《しか》める。

（……なんだ？　何か、妙な気配が……）

坂の下の村の方を見やる。そこは何の変哲《へんてつ》もない。だが、そちらから吹いてくる風にはなんだか嗅《か》ぎ慣れない香りが含まれている。本当に微《かす》かなものだが——。

「ん、どうかしたー？　エルドお兄ちゃん」

「次はエルド兄ちゃんの番だぞ！」

「ん、ああ、悪い」

子供たちの催促《さいそく》に視線を戻し、木の棒を手に取る。地面に書かれているのは、可愛《かわい》らしい絵。その絵でしりとりをしているのだ。

三つの丸を一本の線で串刺《くしざ》しにされた絵を見て、ふむ、と眉を寄せる。

(だんご、か……なら……)

人型のシルエットを手早く描《えが》く。筋肉を盛り気味にし、さらに胸を叩《たた》くシルエットにすれば完成だ。その絵を見て子供たちは歓声《かんせい》を上げる。

「わ、これ、ゴリラ……?」

「正解だ。よく分かったな」

「ロッサのお医者さんが読んでくれた本にあったのー」

「エルド兄ちゃんは、ゴリラ見たことがあるの?」

「ああ、あるよ。ここからそうだな、南の方に行った密林にいたな——とても心優《こころやさ》しい動物でな、それに賢《かしこ》くて力持ちだった。ゴリラのウージとは今でも友達だよ」

エルドは作戦行動中に南方へ向かったことを思い出す。

魔族《まぞく》に占領《せんりょう》された南方を解放するため、ゲリラ戦を仕掛《しか》け、そのときにゴリラの住処《すみか》に偶然《ぐうぜん》足を踏《ふ》み入れたのだった。ゴリラたちは大分憔悴《しょうすい》し、突然《とつぜん》入ってきたエルドたちに対して威嚇《いかく》する元気もなかった。彼らは女子供を魔族に奪《うば》われていたのである。

そこでエルドはゴリラの住処を襲ってきた敵を撃退《げきたい》し、彼らの信頼を得ると共に密林を越《こ》えて魔族の拠点《きょてん》を強襲《きょうしゅう》したのだった。そのときのことを思い出しつつも、子供たちにはゴリラについて語り聞かせる。

その語りに子供たちは目をキラキラさせて聞き入る。いつの間にか、彼らは絵のしりとりも忘れてエルドの話に没頭《ぼっとう》していた。

「ね、ね、その続きはどうなったの？」

「ゴリラのウージってどれくらい大きかったの？」

無邪気《むじゃき》な問いかけに目を細めながら、エルドは小さく苦笑いを浮かべる。

「その話はまた今度になりそうだな……ほら、もう日が暮れてきた」

視線を西に向ければ、いつの間にか陽が紅に染まりつつある。その傾き具合を見て話を切り上げると、残念そうに子供たちは声を上げる。

「えー、もう少しいいでしょー？」

「今日はちょっと早くないー？」

「悪いな、みんな。今日はここまで。その代わり、次にはウージのことを話してやるから」

エルドの声に少しだけ不服そうにしていた子供たちだが、次の約束を聞くと笑顔《えがお》で頷き、揃って斜面《しゃめん》を下り始める。

「約束だからね、エルドお兄ちゃん！」

「クロエお姉ちゃんも、またね」

「う、ん……また、ね」

「ああ、気をつけて帰れよー」

エルドとクロエは手を振ってそれを見送る。その後ろ姿をいつまでも見守っていると、ふとクロエがぽつりと言う。

「……エルドさん、ゴリラと、友達だった、んですね」

「ああ、南方ゲリラ戦のとき……ってそうか、そのときはまだ、クロエはいなかったな」

「はい……まだ出会ってすら、いない頃、です」

クロエはそこで言葉を切ると、エルドを横目で見ながら言葉を続ける。

「確か……そのとき、別の相棒が、いたとか」

「ん、そうだぞ。まぁ、クロエもよく知るあいつだけど」

クロエがまだ参入しなかった頃、共に行動していたのは、一人の男だった。

表立ってあまり語られないが彼も終戦の立役者の一人だ。彼もまた前線で戦っていたが、急に兄を亡《な》くしたために王都へ急遽《きゆうきよ》戻らざるを得なくなった。

クロエを除けば、エルドが最も頼りにする人間でもある。

懐《なつ》かしむように目を細めていると、ふとクロエはエルドの服の裾《すそ》を掴《つか》んだ。エルドは視線をクロエに向けると、小さく笑いかける。

「もちろん、今の相棒はクロエだけだ」

「……知って、いますけど……少し、悔《くや》しい、です」

クロエはそう告げながら視線を逸《そ》らし、無表情のままぼそりと言う。

「気分としては、前の恋人《こいびと》の話を聞かされた、みたいです」

「……それは、悪い。無粋《ぶすい》だったか？」

「構い、ません……今日の夜、たっぷり、お付き合い、いただければ」

クロエは拗《す》ねた口調で言いながら、とん、と身体を押《お》し付けてくる。その甘えた仕草にエルドはわずかに口角を吊り上げて訊《たず》ねる。

「いいのか？　この前みたいに足腰《あしこし》が立たなくなるぞ？」

それはこの前の晩酌のとき。艶《なま》めかしいクロエにエルドはついつい歯止めが利《き》かなくなり、彼女と何度も深く交わり合った。彼女も体力がある方だが、エルドの本気を真っ向から受け止めるには体力も体格も劣《おと》っている。

そのせいで、彼女はその翌日、筋肉痛でまともに身体を動かせなかった。

それを思い出したのか、微かにクロエは頬《ほお》を染めるが、視線を逸らさずに真《ま》っ直《す》ぐに言葉を返してくる。

「望む、ところです……エルドさんの本気を、受け止められるのは、私だけだと……今度こそ、証明、してみせます」

その言葉は真っ直ぐにエルドへ向き合った言葉で、それに思わずエルドは目を見開き——やがて、嬉しさと共に笑《え》みをこぼした。

「……そうか。頼もしい限りだ」

クロエはいつでもエルドの傍に立とうとしてくれる。その真っ直ぐな気持ちが心地よく、負けていられないという気分にもなってくる。

その二人の元に村からの風が吹く。その風に微かにエルドは眉を寄せた。

それに感づいたのか、クロエの口調がすっと引き締《し》まる。

「……何か、感じました、か」

「ああ……なんとなく、だが」

肌のひりつく感覚は覚えがある。腕の立つ人間が近くにいるときの感覚であるが、嫌《いや》な感じはあまりしない。エルドは微かに目を細めて告げる。

「他の〈英雄《えいゆう》〉が来たかかな」

吟遊《ぎんゆう》詩人が語る物語では〈白の英雄〉と呼ばれるエルドだが、もちろん彼一人が長きにわたる魔王《まおう》との戦いを終結させたわけではない。

無数の名もなき戦士たちが命を賭《か》け、戦い続けてきた。戦士の多くはその激戦の中で命を散らし、果てていった。命が淘汰《とうた》される中、ごく一部の戦士は命を繋《つな》ぎ、しぶとく足掻《あが》き続ける。そして、己《おのれ》の力を見出《みいだ》していった者たちがいる。

それが〈英雄〉――〈異能〉ともいうべき力を宿し、終戦に尽力《じんりょく》した戦士たちだ。

たとえば〈紅の英雄〉は炎《ほのお》の精を身体に宿して炎を自在に使い。

〈翠《みどり》の英雄〉は自然の声を聞き、その自然と共に戦った。

〈白の英雄〉たるエルドもその名を尋常《じんじょう》ならざる剣技《けんぎ》――白刃《はくじん》から取られている。

その英雄は生存しているもので二十三人――彼らはエルドが実力を認める英雄たちである。

(……とはいえ、まさかその〈英雄〉が来るとはな)

家に戻ったエルドは家の中で瞑目《めいもく》して気を研《と》ぎ澄ませていた。

肌に全神経を集中させるだけで、培《つちか》われた感覚は周りで動く気配を感じ取る。遠くからの足音に耳を澄ませながら深呼吸。

害意はないが、ただならぬ気配。その歩き方は覚えがある気がする。

思わず眉を吊り上げながら、目をそっと開ける。

（……〈英雄〉の中でも、まさかあいつが来るのか……？）

それは明らかに不自然だ。その〈英雄〉は常に王都にいなければならない。いわば、全〈英雄〉の中での頭目的な立ち位置なのだ。

そんな彼がうかうかとこんな辺境の地まで来るのはあり得るのだろうか。

深呼吸を一つすると、彼は腰《こし》を上げて家から出る。もう足音は耳に届くくらい近づいてきている。目を眇《すが》めると、斜面を登ってくる一人の若者がいた。

旅装姿の青年。伸びた髪を風になびかせながら歩き、人懐《ひとなつ》っこい笑みで手を挙げる。

その存在を予見していたとはいえ、エルドは思わず呆《あき》れかえった。

「——なんで、貴方《あなた》がここに来るんでしょうね？」

「無二の親友の顔を見に来るのに、理由なんか必要かい？」

屈託《くったく》のない笑顔で、金髪《きんぱつ》を揺らしながら答えるのは、ここにいてはならない人だ。

吹き抜《ぬ》けた風が、二人の間で駆《か》け抜ける——エルドはため息をこぼし、その名を呼んだ。

「貴方は、国王でしょうが……レオンハルト王」

「固いことを言うなよ、エルド」

そう告げながら立ち止まったのは、この国を治める若き王——レオンハルトだった。

彼はエルドの目の前まで歩み寄ると、威厳《いげん》を感じさせない柔《やわ》らかい笑顔を見せ、エルドの肩《かた》を軽く叩いた。

「少し事情があってね、そのついでで立ち寄ったんだ」

「事情、というのは？」

「ま、それを話す前に、折角《せっかく》だから少し休ませてくれよ」

「それは構わないが……」

エルドは家の扉《とびら》を開けながら、ちらりとレオンの周りを見回す。

「……護衛は、連れていないのか？」

「ああ、もちろん」

「おい、レオン……」

あっけらかんとした答えに、思わず呆れる。

実力者とはいえ、仮にもレオンハルトは国王なのだ。仮にこんなところで死なれたら、魔族の仕業《しわざ》だと勘違いされ、不可侵《ふかしん》を結んでいる両陣営《りょうじんえい》に不和が生じること間違《まちが》いない。

その無鉄砲《むてっぽう》さに呆れ果てながらも、ちら、と外の木立に目をやる。

（まあ……騎士団《きしだん》としては、それは織《お》り込《こ》み済み、なのだろうな）

扉をゆっくり閉める。その間に、レオンは家の中を眺《なが》めて満足げに頷《うなず》いていた。

「いい家だな。外観はボロ小屋のように見えたけど」

「王城に比べたら、質素なものだぞ」

「だが、お前が好きそうな家じゃないか」

「……まあ、そうだけど。とりあえず座《すわ》れよ」

座《ざ》卓《たく》を挟《はさ》んで二人で腰を下ろす。そこに、厨《くりや》に引っ込んでいたクロエが姿を現した。湯呑を二人の前に置き、そっと膝《ひざ》を折って一礼する。

「ごきげん、よう。陛下——凱旋《がいせん》以来、でしょうか」

「ああ、礼儀《れいぎ》は気にしなくていいよ。〈死神〉……ああ、いや、この名で呼ぶのは失礼かな」

「いえ、構い、ません。どうぞ、その名で」

クロエはそう言いながら、エルドの傍に正座する。表情を動かさず、クロエはレオンを見つめる。その視線がほんのわずかに細められ、訊ねる。

「……それに、しても陛下、何故《なぜ》、ここに……？」

「ああ、今回は王という立場ではなく、こういう立ち位置で来たんだ」

そう言いながら、懐《ふところ》から木札を取り出す。そこに刻まれている紋章《もんしょう》は見覚えがある。エルドが職を辞するとき、受け取った身分証にも刻まれていた紅《あか》き翼《つばさ》。

つまりそれは『国際遊撃士《ゆうげきし》』の身分を証明するものだ。エルドはそれで察すると、半眼を向けると砕《くだ》けた口調で問いかける。

「……なるほど？　なら、今回はこう呼んだ方がいいわけか――〈蒼《あお》〉のレオン」

その呼び名になるほど、とクロエは一つ頷き、思い出したように言う。

「為政者《いせいしゃ》、という顔で、忘れがち、ですが……陛下も〈英雄〉の一人」

「いかにも。改めて自己紹介《しょうかい》しよう」

レオンハルトは威厳と覇気《はき》を同時に感じさせながら、不敵な笑みと共に告げる。

「〈蒼の英雄〉レオンハルト――エルドの、元相棒だよ」

あまり知られていないが、現国王、レオンハルトもまた〈英雄〉である。

エルドと並んで士官学院を首席で卒業し、前線へと配属。王族ということもあり、新兵でありながら指揮権を手にすると、エルドと連携《れんけい》して当時魔族の占領下にあった南方の解放作戦の指揮を執《と》った。

その目覚ましい戦果により、二年足らずで南方の平定を終えたが、丁度そのときに先王であった彼の兄が崩御《ほうぎょ》。急遽《きゅうきょ》、彼がその跡《あと》を継《つ》いで玉座に着くことになったのだ。

以来、彼は遠方からの支援《しえん》に回る。だが、その戦術眼は凄《すさ》まじく、空を見渡すかのように戦場を見通すこと、そして彼が使いこなす〈異能〉から〈蒼の英雄〉と称《たた》えられている。

「――で、その〈蒼の英雄〉兼《けん》国王のレオンは、なんでこんな辺境に？」

お茶を美味《うま》そうに飲むレオンに、エルドは半眼を向ける。クロエも納得《なっとく》いかないのか、表情を動かさないものの、声に怪訝《けげん》さを滲《にじ》ませて訊ねる。

「陛下は、国務で忙《いそが》しく……御身《おんみ》に何かあれば、大変なのに」

その質問に一息ついたレオンは、ん、と頷くと湯呑を置いて言う。

「こっちの方に来たのは少し面倒《めんどう》事があってね……魔族の国から連絡《れんらく》があった。暴走した魔竜《まりゅう》が、山を越えてこちらに向かっている――と」

「……ほう」

そういえば、行商人のルークは街道が封鎖《ふうさ》されていると言っていた。つまり、それは恐《おそ》らく魔竜に対する備えなのだろう。

「それで我《わ》が国《くに》の騎士団が対応することになったが、たまたま実力者が不在でな」

「……そうなのか？　ロナウドやパーシヴァルあたりでも向かわせればいいじゃないか」

近衛騎士団の元部下の名を挙げるが、レオンはしかめっ面《つら》をして首を振《ふ》る。

「ロナウドは北方の貴族の汚職《おしょく》問題解決のために、暫定《ざんてい》代官として送り込《こ》んでしまったんだ。パーシヴァルは海賊《かいぞく》の取り締まりで忙しい。他の将軍に任せようにも正直、魔竜との戦いを指揮できるような経験豊富な猛者《もさ》はいなくてな」

「……まぁ、最終決戦で、大分亡くなり、ましたからね」

クロエが控《ひか》えめに口にしながらお茶を啜《すす》り、言葉を続ける。

「若い方や戦士はたくさん、いますが、指揮官は不足、しています」

「そういうことだ――それで、自分が前線まで来たわけ。それがここの北方だ」

「なるほど、つまり」

エルドは状況《じょうきょう》を察し、思わず半眼になりながら言葉を続けた。

「少し南に行けば僕《ぼく》たちがいるから、ちょっと散歩がてら、僕たちの様子を見に来た。もちろん、バレると面倒くさいから護衛はつけずにこっそりと……ってところか？」

「ははは、さすがエルド！　お前なら分かってくれると思ったよ！」

レオンは快活に笑う。それに思わずエルドは額を押さえてため息をこぼした。

「相変わらず奔放《ほんぽう》なのは変わらないな、レオン――それに振り回された日々が懐かしくて仕方ないよ」

「エルドはいつも無茶《むちゃ》ぶりに応えてくれるからね。どんどん要求したくなるよ」

「そういえば、時々、王都から無茶な命令書が届きましたね……」

　クロエの心なしか呆れた視線に頷き返し、エルドはレオンを見ながら言う。

「三日で城を落とせ、とか。一日で城と城の間を往復しろ、とか。最たる例は南方ゲリラ戦、ゴリラの群れの長を張り倒《たお》して、ゴリラたちを恭順《きょうじゅん》させろ、だったか？」

「ははは、あれは見物だったねぇ。エルドとゴリラが本気の取っ組み合い！」

　けらけらと笑いをこぼすレオンの声に、クロエの呆れた視線がエルドに向く。

「……そんなことを、していたんですか……エルド、さん」

「ああ、おかげでゴリラからはリーダー扱《あつか》いだったよ」

「それに魔王との最終決戦のときには、ゴリラの群れが援軍《えんぐん》で駆けつけてくれてねぇ」

「ああ、すっかり立派になったウージがな。あの乱入のおかげで、城門突破《とっぱ》が楽になった……ってまさか、レオン、あれを見越《みこ》して？」

「どうだろうねぇ、ゴリラは義理堅《ぎりがた》い性格だとは知っていたけど」

「ったく、本当に食えねえ奴《やつ》だよ。今も昔も」

　レオンのとぼけた笑顔にエルドは苦笑いを返す。その様子をじっと見ていたクロエは小さく息を吐《は》き出して言う。

「……とに、かく……来る客を拒《こば》む、つもりは、ありません……ただ、国王、扱いする、つもりもありませんので、そのつもりで」

「ああ、むしろそれがいいよ。〈死神〉。護衛がいると肩肘張《かたひじは》って仕方がないからね。一人でこっそり抜け出してきた甲斐《かい》があったよ」

「……その件だが、レオン……お前、本当に自分が一人だと思っているのか？」

「……ん？」

その能天気な顔に再三、呆れる。クロエも気づいているのか、半眼だ。

エルドはため息をこぼすと、クロエに視線を向けて頷く。彼女は頷き返すと、家の窓の外に視線を向け、声を掛《か》ける。

「ヒナ。出て、きなさい」

「あははっ、やっぱり先輩《せんぱい》たちにはバレているか」

不意に澄んだ声が飛び込んでくる。その声と共に、すとん、と窓枠《まどわく》に一人の少女が現れ、止まり木のように止まる。目を見開き、レオンは腰を上げる。

「お、おま……ヒナっ！」

「やっほ、王様。やっぱり気づかなかったね」

ひらひらと手を振り、無邪気な笑顔を見せるのは、クロエと同じ黒衣に身を包んだ少女だ。エルドは腕を組みながらため息をこぼす。

「〈暗部〉の王城警護担当——彼女を撒《ま》けるとでも、思っていたのですか」

「く……っ、ヒナ、お前には別の仕事を頼《たの》んだはずだろう！」

「終わらせてから来たよん、それなら満足でしょ？」

ヒナはやれやれと肩を竦《すく》めながら、巻物を懐から抜いてレオンに投《な》げ渡《わた》す。

それを受け取ったレオンは渋面《じゅうめん》だ。出し抜けたと今まで思っていたらしい。

エルドは茶を啜りながら、ヒナの方を見やる。

（……〈暗部〉か）

彼女はその組織の一員。元々はクロエの配下だ。クロエとは違《ちが》い、ころころと表情を変えるが密偵《みってい》としての腕前《うでまえ》は一流。エルドとも何度か作戦を共にしている。〈英雄の大返し〉の成功も、彼女たちの協力があってこそだ。

だが、どうやら彼女からはよく思われていないらしい。今も無邪気な笑顔を振りまきつつ、片目だけで冷たくこちらを見ている。

「……相変わらず、僕によかれぬことをしようと考えているのかな？」

「そりゃあねえ。ボクの大好きな先輩と王様の寵愛《ちょうあい》を一身に受けている騎士《きし》だよ？　嫉妬《しっと》しないはずないじゃない。さくっと殺《や》っちゃいたいかな」

「……させるはず、ないですよ」

クロエがわずかに殺気立つ。あはは、とヒナは軽く手を振って笑い流す。

「いやだなぁ、先輩。〈英雄〉と〈死神〉の二人がいて、勝てるはずないですよ」

「……なら、大人しくする」

ヒナはそう言いながら勝手に部屋にあがってくる。クロエは仕方なさそうに吐息《といき》をつくと、腰をゆっくりと上げた。

「お茶を、用意する。くつろいで、いて」

「やったっ、先輩のお茶だ。ボク、大好き！」

「誉《ほ》めても、お茶菓子《ちゃがし》しか、出ない」

素っ気なく言いながらクロエは厨に消えていく。その後ろ姿を楽しそうに眺めるヒナに、レオンは警戒《けいかい》するような視線を向けて訊ねる。

「それで——自分を連れ戻《もど》すのかい？」

「別に？　ボクは王様の護衛ですから、お気になさらず」

ヒナは首を傾《かし》げて捉《とら》えどころのない笑みを浮《う》かべる。それに拍子抜《ひょうしぬ》けしたようにレオンはまばたきする。彼女は目を細めながら柔らかく笑って続ける。

「だって、王様が席を外すってことは、今は王様がいなくても大丈夫《だいじょうぶ》、ということだよね？　最近、王様も執務《しつむ》で忙しかったし、少し休んでもいいんじゃない？　というのが〈暗部〉

と騎士団の総意かな。で、ボクがその護衛ってこと」

「……なんというか、信頼されているな。レオン」

「……全くだ。でも、ありがたい」

レオンは吐息を一つこぼすと、視線をエルドに戻して笑みを見せた。

「改めてエルド――しばらく邪魔《じゃま》してもいいかな？」

「まあ、休みたいなら、好きに休むといいさ。ただし、二人も泊《と》まれる部屋はないぞ」

「それでもかまわないよ。適当に雑魚寝《ざこね》する」

レオンは肩を竦めるが、それに対してクロエは無表情で首を振った。

「――そうもいきません……ヒナ」

「はいよ、先輩」

「〈暗部〉の道具は持ってきていますね」

「もっちろん」

「簡易幕舎を、外に張ります。陛下には、そこでお泊《とま》り、いただきましょう」

「あはっ、王様、一緒《いっしょ》に外で野営だよ」

ヒナが嬉《うれ》しそうに手を叩いて告げ、レオンは苦笑いを浮かべる。

「それも悪くはないかな。よし、じゃあ自分も手伝おう」

「いえ、陛下は、家でくつろいで、いて下さい」

「いいや、今はただのエルドの友人だ。奥《おく》さん、手伝わせてくれるかな?」

レオンの言葉にクロエはしばらく黙《だま》り込んだが、窺《うかが》うような視線をエルドに投げてくる。

彼は軽く頷いて立ち上がる。

「はは、よし来た。久々にコキ使ってやる」

「折角だ、ヒナ、やろうか。教えてくれるか?」

「了解《りょうかい》でさ、王様!」

元気よくヒナは窓から外に飛び出し、レオンは腰を上げて家の外に出て行く。それを見届け、エルドとクロエは思わず顔を見合わせた。

「——思わぬ客人だな」

「……平穏《へいおん》が乱れ、るのは、好ましくないですが」

クロエは窓枠に手を掛け、外に視線を向ける。どこから取り出したのか、ヒナは迷彩柄《めいさいがら》の布を地面に広げ始める。

それをレオンが楽しそうに手伝っているのを見ながら、穏やかな声で答えた。

「たまには、悪くない、かもしれません」

「そうだな。この庵《いおり》では他の俗世《ぞくせ》は関係ない。精々、友人としてゆっくりしてもらえばいい。それだけのことだ」

「そう、ですね。しっかりと、おもてなし、しましょう」

そのまま二人は軽く頷き合うと、友人たちを手伝うべく外へ足を向けた。

〈暗部〉――それは、王国を陰《かげ》ながら支える、諜報《ちょうほう》組織だ。

密《ひそ》かに設立させたそれは、表舞台《おもてぶたい》に決して姿を現すことはない。

暗殺、諜報、謀略《ぼうりゃく》――裏舞台《うらぶたい》で暗躍《あんやく》しつつ、エルドたちの戦いを助けてきた。無論、それを知っているものは民間でほとんどいない。

闇《やみ》に包まれた存在は、黒衣に身を包み、王城を密かに出入りし続ける。

その先代の組頭《くみがしら》は〈死神〉と呼ばれ、民間の傭兵《ようへい》として暗躍していた者を一人の英雄が引き抜いたとされる。その姿形は老若男女《ろうにゃくなんにょ》はっきりしない。

その正体を見て、生きていた者はいないとされるからだ。

謎《なぞ》に包まれた〈暗部〉。そして――〈死神〉。

その彼女は今、一人の青年に熱っぽい視線を注いでいた。

「エルド、さん、あれを」

「おう、はいよ」

クロエの声に応じ、エルドは木槌《きづち》を手渡《てわた》す。彼女《かのじょ》は慣れた手つきで紐《ひも》をぴんと張りながら、木槌で杭《くい》を地面に打ち込んでいく。

エルドはその傍《そば》で杭を掴み、それを支えてくれる。

「ありがとう、ございます」

「こっちは終わっている。他に手伝うことは？」

「こちらも、もうすぐ、できます、から……では」

「ああ、そうだな」

二人の視線が同時に、脇《わき》に置かれた幕に向く。

「一緒に、天幕かけるか」

「では、私が——」

「いや、力仕事だから僕に任せてくれ。それの手伝いを」

「……分かり、ました」

「んっと、あ——」

「はい、エルドさん、ナイフです」

「悪い、助かる」

「いえ」

小気味のいいやり取りと共に、二人は見つめ合って微笑《ほほえ》み合う――その光景を見つめ、岩に腰かけていたヒナはつまらなそうにぷらぷらと足を振る。

（死の象徴《しょうちょう》だった、〈暗部〉の組頭が、今はあんなに……）

「仲良さそうでいいことだな。二人とも」

ふと、ヒナの傍にレオンが立ち、腕組《うでぐ》みをしながら呟《つぶや》く。ちら、とヒナは彼を見やり、唇を尖《とが》らせて言う。

「王様、サボっていいの？」

「邪魔だからあっち行け、だと。失礼するよな、全く」

「まあ、あと仕上げですからねぇ」

二人が息ぴったりに天幕を広げていく。それを張り巡《めぐ》らせた骨組みに掛けていく。息が合わないとなかなかこずるはずだが、二人は一息にそれを掛けてしまう。

二人で隅々《すみずみ》までその幕を伸《の》ばしていくのを見て、ヒナはつぶやく。

「――悔しいけど、息ぴったり」

「というか、お互いの息を把握《はあく》し過ぎだろう」

「分かるわー。視線だけで伝え合っているというか……」

そういえば、戦場のときでもそうだった。二人が並び立つときは、息がぴったりなのだ。

それを見ながら、ヒナは小さくつぶやく。

「こうやって二人はやってきたんだねぇ……」

「だろうね。〈白の英雄〉が最強なのも、〈死神〉の正体が割れないのも、お互いに助け合っているから。お互いの強みが組み合わさって最強が生まれている」

レオンのしみじみとした言葉にヒナは頷き返した。

エルドが最強でいることができるのは、その裏側でクロエが暗躍しているから。不利な相手でも毒を盛ったり、暗殺することで消し去り、あるいは工作によって寝返《ねがえ》らせる。

一方、クロエの正体が割れないのは、エルドがそうなるように存在感を出しているから。彼《かれ》の意味ありげな言動、行動、仕草は標的が深読みし、勝手に警戒してくれる。それに注意が向いている間に、クロエはその懐に滑《すべ》り込み、気づかずに暗殺を為《な》す。

その鮮やかな手際《てぎわ》はまさに、光と影《かげ》。白と黒の共演。

まさに最強といえるのだが……。

「そんな最強の〈英雄〉と〈死神〉が、こうして辺境でラブラブかぁ……」

「聞こえて、いますよ。ヒナ」

クロエが振り返り、無表情で告げる。その表情は相変わらず氷のように冷たい。一切《いっさい》動かない、見慣れた無表情にヒナはにへら、と笑顔を返す。

「事実じゃないですか。先輩」

「一応、節度は、保っています」

ヒナの言葉に動じず、冷ややかに答えるクロエ——まさしく〈暗部〉の頂点だ。

「そうだな。お嫁《よめ》さん。夜までは我慢《がまん》してくれるよな」

「そ、そういう意味ではなく……」

だが、エルドにからかわれると、クロエは瞬《また》く間《ま》に平静を失う。微かに視線を逸らし、熱っぽい視線をエルドに注ぎ、抗議《こうぎ》するように彼の袖《そで》を掴む。

表情は動いていないように見えるが、その感情の動きは傍から見てバレバレだ。

その二人のやり取りを見て、ヒナは心底、深いため息をこぼす。

そういうやり取りを初めて見たわけではないが——こうしてまた見せつけられると、がらがらと〈死神〉のイメージが崩《くず》れていく。

（クールな印象の先輩に憧《あこが》れていたのに……幻滅《げんめつ》っすよぅ）

だが、幻滅されたところで、クロエは一向に構わないのだろう。彼女は、エルドの傍をぴったりとくっついて離《はな》れない。

「そろそろ昼だから、飯にしようか」

「そう、ですね。外の調理場で、作りましょう」

「そうだな。大人数だし……手伝うよ。クロエ」

「はい、ありがとうございます」

クロエは無表情――だが、その瞳《ひとみ》は見たことないくらい、優《やさ》しい目つきだ。むむ、とヒナは唇《くちびる》を引き結ぶと、ふとクロエの視線がヒナに向けられる。

一転して、氷のような冷たい眼差《まなざ》しだ。

「ヒナは、井戸水を、汲《く》んできなさい。それと、火入れを」

「レオンもそれを手伝ってもらえるか。手間を取らせてすまない」

「いんや、気にしないでくれ。井戸は、っと……」

「王様、こっちっす」

ヒナは一つ息をつき、気分を切り替《か》える。自分の主の手を取り、井戸の方へと案内する。

視界の端《はし》では、エルドとクロエが仲睦《むつ》まじげに家に戻っていく。

その二人の眼差しは、どこまでも優しくて――。

思わず、ため息をこぼしてしまう。

「お、どうした？　ヒナ。ため息をこぼして」

「いや……憧れの先輩が、あそこまでこう印象が変わると……何というか」

「ああ、まあそれは分かるかな。あいつも大分、心を許しているみたいだしね」

レオンも何か思うところがあるのか、少しだけ苦笑いを浮かべていた。

そのまま二人は家の裏手に行く。そこには石を積み上げて囲われた井戸があった。脇には桶《おけ》が置いてあり、中を覗《のぞ》き込むと冷たい水が滾々《こんこん》と湧《わ》いている。

ご丁寧《ていねい》に井戸の傍に柱を立て、汲み上げやすいように滑車《かっしゃ》を設置している。

「これもお手製か？」

「十中八九。こういうところで手を抜かないのが、先輩ですから」

「だろうな。エルドも喜んで手伝うはずだし」

そういうレオンは積み上げられた石の土台を撫《な》でて目を細めた。

「……こうして、二人は自分たちの暮らしを築き上げているんだな」

「確かに。ボクたちはそれに無粋な横槍《よこやり》を入れてしまったわけでして」

「はは、間違いない……本当に無粋なことをしている」

そう笑いながら言うレオン――その口調にわずかに違和感《いわかん》を覚え、ヒナは振り返る。

「……王様？　どうかした？」

「……いや、何でもない。まぁ、あの二人はそこまで狭量《きょうりょう》ではないから、たまには俺《おれ》の休《きゅう》暇《か》に付き合ってもらうさ」

「あはは、王様は相変わらず面の皮が厚いというか」

「それはヒナもだろう。なかなかに図々《ずうずう》しい奴だ」

二人で共犯めいた笑みを交《か》わし合う。それからヒナは紐のついた手桶《ておけ》を井戸の中に投げ入れつつ、はて、と内心で首を傾げた。

(何でもないように見えるけど……なんだか、王様、変だったような?)

まるで、ここに来たことを本当に後悔《こうかい》しているような、そんな苦々しさを一瞬《いっしゅん》だけ感じたのだが。レオンらしくない、思いつめたような表情だった。

だが、今はそんなことを感じさせず、楽しそうな表情で井戸水を眺めている。

「ヒナ、この縄を引けばいいのか?」

「そうっす……あ、いや、見て下さい、王様。滑車の下に回し車が」

「お、本当だ。これを回せばいいのか……見ろ、ヒナ、縄が巻き上げられる」

「……先輩、本当に凝《こ》り性っすねぇ」

こんなに手の込んだ井戸はあまり見ない。麓《ふもと》の村でも石で囲っただけの簡単な井戸だろう。一人暮らしならここまでする必要はないのだが。

「エルドに喜んでもらいたかったんだろう。きっと」

「でしょうね……」

ヒナは何となく複雑な気分でため息をこぼす。

クロエは今も昔も見ているのは、エルドのことだ。彼に喜んでもらえるために努力し、この暮らしを夢見て尽力を続けてきた。それを彼らの部下である、ヒナが一番よく知っていた。

だから、それを邪魔する気はない、のだが……。

「最強のあの人が、一人の男との暮らしのためだけに……だなんて。ボクの内心は、複雑です……ごめんね、王様、変な愚痴《ぐち》を」

「いや、構わないよ。自分も散々、愚痴を聞いてもらったからね」

レオンは水を汲み上げながら苦笑いを返した。彼もまた、エルドがクロエとの二人暮らしのために野に下ると知って、心中穏《おだ》やかではなかった一人だ。気持ちを、察してくれる。

だが、ヒナと同じく、二人の苦労をよく知るからこそ――。

「この平穏は、護《まも》ってやりたい」

「ま、そうっすねぇ。それには、賛成かな」

レオンとヒナは小さく笑みを交わし合う。そのまま、二人でたっぷり汲み上げた水を持って家に戻る。そこでは、エルドとクロエが仲良く並び合って野菜を刻んでいた。

それを見つめ、ヒナは目を細める。


戦場という光の中で花々しく敵を退けてきた〈英雄〉と。

社会という闇の中で数多《あまた》の要人を葬《ほうむ》ってきた〈死神〉が。

まさか、こんな辺境で、スローライフを楽しんでいるとは誰《だれ》も思わないだろう。


国王、レオンハルトがお忍《しの》びで訪問した翌日——。

エルドとクロエの家の裏では、小気味いい土を掘《ほ》る音が響《ひび》き渡っていた。

鍬《くわ》を振るって穴を掘るのは、元騎士団長と現国王。傍から見ると信じられないような光景だが、二人は真剣《しんけん》な顔つきで穴を掘り進《すす》め、汗水《あせみず》を流す。

レオンはぐっと腕《うで》で額の汗《あせ》を拭《ぬぐ》うと、溌溂《はつらつ》とした笑みをこぼした。

「いいね、たまにはこういう運動も」

「ああ、悪くないだろう？　ストレス発散にもってこいだ」

「政務で擦《す》り切れそうな心が洗われる気分だよ……もう少し掘るか？」

「ん、そうだな……」

手を休め、エルドは穴の深さを確かめる。大体、膝が埋《う》まるくらいまで掘り進めている。

広さとしては大人一人が横になれるくらいの穴だ。

それを確かめてから、うん、と一つ頷く。

「悪いが、もう少し深さを出して、それで幅《はば》を広げよう」

「分かった。任せてくれ」

レオンは鍬を担《かつ》ぐと、にやりと笑みをこぼして告げた。

「この家に、立派な露天風呂《ろてんぶろ》を作ろう」


家の空き地に風呂《ふろ》を作ることになったのは、四人が代わる代わる水浴びをした夜のこと。

水浴びを済ませたレオンが髪《かみ》を拭《ふ》きながら、ふと口にしたのである。

『今だから気持ちいいけど、冬になったら凍《こご》えるんじゃないかな？』

確かにこの山の冬場は雪も降り、寒い。その外で水浴びをしていればいつか体調を崩してしまうかもしれない。その指摘《してき》にエルドとクロエが顔を見合わせていると、ヒナが溌溂とした声で提案してくれたのだ。

『なら、ボクたちがいる間に風呂を作りましょう！　先輩！〈英雄〉二人と〈暗部〉二人の力があれば三日あれば余裕《よゆう》ですって！』

その言葉に名案だと全員が頷き、翌朝早くからそれに取り掛かっていたのである。

山の中から粘土《ねんど》を大量に採集して運び出すと、クロエとヒナがそれを練って煉瓦《れんが》の形作りをし、その間にエルドとレオンが風呂を作る場所を掘っていた。

男二人は上半身裸《はだか》で土にまみれながら笑顔《えがお》と共に、土を掘り進めていき——。


その光景を、半眼で見つめる二人の少女がいた。


「先輩、拗《す》ねてないで、手ぇ動かしましょうよ……」

「動かして、います」

「先輩の本気、そんなもんじゃないくせに」

畑の横。そこは粘土煉瓦を作っている場所だ。そこでは、せっせと二人の黒衣《こくい》の少女が粘土を木枠《きわく》に押《お》し込んでいた。

二人の手際は、神業染《かみわざじ》みている速さだ。

一つの木枠を使い、クロエが粘土を放《ほう》り込み、ヒナが整形。その間にクロエは枠を抜いている。ほとんど三秒で一つの粘土煉瓦ができているのだ。

〈死神〉とその後輩《こうはい》——〈英雄《えいゆう》〉に匹敵《ひってき》する実力者ならではの動きだ。

（——まあ、本来はこんなことに使うものでもないのだけど）

本来なら暗殺や工作に使うような指先だ。それを煉瓦造りに使うなど考えられなかった話。我ながら呆れつつも、クロエの様子を見る。

彼女は手を動かしながらも無表情で、エルドの方をじっと見ている。その彼は隣《となり》のレオンハルトと楽しそうに話しながら鍬を振るう。その姿をぼんやりと眺めていたかと思えば、不意に強い視線でレオンの方を冷たく見やる。

まるで、エルドと仲良く話しているレオンに嫉妬しているようだ。

「――先輩、男に嫉妬して、どうするんですかぁ……」

「嫉妬、していない」

「……全く、先輩は」

エルド絡《がら》みになると、我を失うどころか、公私混同し始めるのが、クロエの悪いところだ。以前もエルドの身辺調査に協力したことがある。

そのときは、クロエは身内であっても心を許さないのだと、感心していたが。

その実、彼に近しい女性関係を調べていただけだと、後々になって判明した。

（ま、そんときは親しい女の人は、ごくわずかしかいませんでしたし）

それに、その女性は異性というよりも、仲間として接していた。

だから、クロエはやきもきしながらも、それを見守っていたようだが……。

「……先輩、一応、国王様ですからね？」

「……分かって、いる」

「前みたいに、変な脅迫《きょうはく》、しないで下さいよ？」

「……分かって、いる」

こくこくと頷くクロエだが、その実、怪《あや》しいものだった。

ちなみに前の『変な脅迫』というのは色気を出した貴族令嬢《れいじょう》たちに行ったクロエの脅《おど》しである。というのは、その〈死神〉の巧妙《こうみょう》な偽筆《ぎひつ》能力を使い、彼女たち自身の筆跡《ひっせき》を真似《まね》て手紙を出したのだ。

自分自身の筆跡で、エルドに近づくな、と書かれた手紙——さぞ、薄気味《うすきみ》悪《わる》かったに違いない。

（何もそんなことに本気を出さんでもいいでしょうに……）

毎回、エルドに関することだと我を忘れる。それにため息をこぼして作業を続けていく。

ふと、その手元に粘土がなくなりつつあることに気づく。

「っと……大分、取ってきたのに、もうなくなりますね」

「ん……大量に、作ったから。でも、もう少し、欲《ほ》しいかも」

クロエは手を休めずに、粘土煉瓦の山に視線を向ける。だが、その視線はすぐにエルドの元へ戻っていき、二人の動向を監視《かんし》する。

その動きにヒナはやれやれと首を振り、畑の方に声を放る。

「エルド様、ちっとよろしいっすかー？」

「お、何だ？」

「粘土がなくなりそうなんで、取りに行ってくれますー？　お嫁さんと一緒に」

「ひ、ヒナ！」

その声に、慌《あわ》ててクロエは振り返ってくる。その動揺《どうよう》がおかしくて、思わずヒナは噴《ふ》き出して、笑い声交じりに言う。

「ははっ、先輩、素直《すなお》になって下さいよ」

「……元々、素直だけど」

「ああ、そうだな。僕のお嫁さんは素直でかわいい」

そのクロエの後ろから響いた声に、彼女はぴくりと表情を揺《ゆ》らした。そのままゆっくりと振り返り、エルドに声を返す。

「……あまり、からかわないで、下さい。後輩の、手前です」

「悪い。んじゃ、行こうか。お嫁さん」

「……仕方、ありませんね。旦那様《だんなさま》」

彼女は完ぺきな無表情——かと思いきや、わずかに目尻《めじり》の端から嬉しさを滲ませているのをヒナは見逃《みのが》さない。エルドもそれを分かっているのか嬉しそうに表情を緩《ゆる》め、クロエに手を差し伸べた。

彼女はその手をすぐに取ると、二人で森の方へと足を向ける。その様子を見届け、ヒナは吐息をこぼした。

「全く、仕方のない先輩たちっすねぇ」

「それで、面倒見《めんどうみ》のいい後輩だね。ヒナ」

ふと、レオンが傍に近寄ってきて笑顔を向けてくる。ヒナはふん、と軽く鼻を鳴らす。

「……別に。あの先輩が、気ぃ散らしているのが気に食わないだけです」

「そういうことに、しとこうかな」

レオンの手が、くしゃっとヒナの頭を撫でてくる。

王様の撫で撫で。いつもだったら、気恥《きは》ずかしくて受け入れられないけど……。

(……ま、今ならいいかな)

ヒナはそう思いながら、それに甘《あま》えて目を細める。

ここは、本当に居心地《いごこち》のいい場所だ。

「二人とも、助かった。一日で大分作業が進んだよ」

風呂づくりを始めたその日の夜。

小さな家の囲炉裏《いろり》を囲み、四人は同じ鍋《なべ》を突《つつ》いて夕飯を取っていた。エルドが客人二人に礼を述べると、レオンは屈託《くったく》のない笑顔で首を振る。

「気にしないでくれ。親友のためだ」

「ボクたちからすれば手間でもないからね。明日、焼成《しょうせい》すれば煉瓦はできるから……明後日で完成かにゃ？」

「恐らくは滞在《たいざい》中にできるな……間に合いそうだな」

ほっと小さく吐息をこぼすレオンに、エルドは思わず片眉《かたまゆ》を吊《つ》り上げる。

「……間に合う？　何か予定があるのか？」

「ああ、これでも王様だからな」

「仕事を抜《ぬ》け出してきていますものねー」

「ああ、そういうことだ」

レオンはおどけた様子で言葉を返し、ヒナと笑い合う。ふむ、とエルドは少しだけ目を細めてレオンの横顔を見やる。

（……なんだか時々、思いつめているな、レオン）

何気なく振舞《ふるま》っているが、親友であるエルドからすれば何となく分かる。もしかしたら仕事上で気の進まない案件があるのかもしれない。

レオンは表情を繕《つくろ》うのが上手《うま》いが、無表情なクロエと接しているエルドからすれば、表情が豊かで分かりやすい方だ。友人を悩《なや》ませている案件は少し気になるが——。

（ま、詮索《せんさく》はしないでおくか）

エルドは肩《かた》を竦めながらお椀《わん》をレオンに手渡した。

「ひとまず、ここにいる間は仕事のことは忘れておけ」

「ん……悪いな、エルド」

レオンは目を細めてお椀を受け取り、中の汁《しる》に口をつける。気にするな、とエルドは軽く首を振《ふ》り、笑って言葉を返した。

「その分、風呂づくりはタダでこき使うぞ。覚悟《かくご》しろ」

「ああ、少し遅《おく》れた結婚《けっこん》祝いだと思って、腕を振るわせてもらうさ」

「……ありがとう、ございます。ただ、式を挙げたわけでは、ありませんが」

クロエはお椀を持ち上げて口をつける。へぇ、とレオンは眉を吊り上げ、エルドに視線を向けた。

「意外だな、キミはこういうことをしっかりしていると思ったけど」

「したいのは山々だが、やるとどうしても目立つからな」

〈英雄〉たちの行く道は国だけでなく、民衆も気にしている。仮に〈白の英雄〉が妻帯したとあれば、否が応《おう》でも注目が集まってしまう。

そうなれば、ひっそりと暮らすというのは難しくなってしまう。

「私も闇の、人間……血濡《ぬ》れた身に、華々《はなばな》しい式は、不相応、ですので」

クロエが頷《うなず》きながら告げるのを、レオンは釈然《しゃくぜん》としなさそうに見ていたが、その横からヒナが彼の椀にお玉で鍋の具をよそう。

「王様、二人が納得《なっとく》しているんだから、口出ししない。はい、残りの汁もどうぞ」

「ん、悪い……って野菜ばっかりだな」

「にゃはは、お肉は報酬《ほうしゅう》に全部いただきました」

「相変わらず、ちゃっかり、している……」

クロエは仕方なさそうに吐息をこぼすと、腰《こし》を上げて空になった鍋を持ち上げる。エルドは軽く腰を浮かしながら訊《たず》ねる。

「片づけ手伝うか？」

「いえ、エルドさんは、折角《せっかく》ですから、お酒でもご用意を」

「ああ、そうだな。折角だから」

確かにまだ行商から買った高い酒が残っている。それを部屋の隅《すみ》の戸棚《とだな》から取ってくると、お、とレオンは嬉しそうに笑《え》みをこぼす。

「良さそうな酒だな。久々に酌《く》み交わすか」

「米酒だけど、いいか？」

「ああ……というか、珍《めずら》しいんじゃないか。エルドが米酒というのも」

「クロエと一緒に飲むときは、いつもこれだよ」

再び囲炉裏の傍に腰を下ろすと、クロエが盃《さかずき》を手にして戻ってくる。かくん、と首を傾げてレオンの方へと視線を向けた。

「……陛下、と飲んでいるときは、違うのですか？」

「ん、そうだね。大体、麦酒《ばくしゅ》だ」

「というか、レオンと飲むときは大体、飲み屋だからな。どうしても安酒になる」

「その安酒の味がいいんじゃないか、エルド」

「なら、たまには高い酒も飲んでみろ」

レオンが手にした盃に、酒をなみなみと注《つ》ぐ。彼は苦笑いを浮かべながらそれに口をつけて味わい、ふむ、と一つ頷く。

「悪くない酒だね」

「だろう？　クロエもお気に入りだ」

エルドとレオンが笑みを交わし合っていると、ふと傍でヒナの引きつった声が聞こえる。

「せ、先輩《せんぱい》、ちょこっと殺気が漏《も》れていますよー……」

殺気？　と振り返ると、クロエはまばたきをしながら首を傾げていた。いつもの無表情で殺気の欠片《かけら》も感じない。彼女はヒナに視線を向け、首を振って言う。

「ふざけた、ことを、言わないの、ヒナ」

「……あ、はは……そりゃ失敬……一瞬で引っ込《こ》められるかぁ……」

「ヒナも、飲みなさい」

「へへっ、いただきます……くぅぅっ、先輩のお酒、美味《おい》しいでさ！」

「笑い方が、小悪党みたい」

「む、失敬な。私は立派な悪党ですっ！」

二人のじゃれ合いを見ながら、エルドは笑みをこぼしながら酒を口にする。クロエと飲む静かな酒も悪くないが、こういう賑《にぎ》やかな席にもたまには悪くない。

レオンは目を細めながら、口角を吊り上げて告げる。

「しかし、キミが妻帯、か。あまり信じられないねぇ」

「ああ、お互《たが》いまともな死に方をしないと思っていたが……意外となるようになるものだ」

「それがキミたちが勝ち得たことだよ」

「そういうレオンは好きな相手はいないのか？」

「いないし、いても結ばれるのが難しいのがこの立場だからねぇ……それに、まだ花街で遊んでいる方が気が楽だから」

「おいおい、まだ遊んでいるのか？　レオン」

そう笑いかけながらエルドはレオンに酒を注ぐ。レオンはそれを口にしながら、まさか、と肩を竦《すく》めて苦笑いをこぼした。

「最近は一緒に行ってくれる護衛もいないからな」

その言葉にぴたり、と酒を飲むクロエの手が止まった。空いた盃にせっせとヒナが酌《しゃく》する一方で、ぽつり、とクロエは小さな声をこぼす。

「つまり、エルドさんも、花街に、行っていた、と」

「ん、そうだよ。はは、大分懐《なつ》かしい話だ」

「あ、ああ、昔の話だからな。気にしなくていい」

嫌《いや》な予感がする。エルドは苦笑いでごまかそうとするが、クロエが静かな声で遮《さえぎ》る。

「いえ、昔のことだからこそ、お聞き、します……ヒナ、レオンさんにお酒を」

「ささ、王様、ぐいっといきましょ」

「お、悪いね、ヒナ」

ヒナに酒を注いでもらうレオンはクロエの無言の圧力に気づかない。美味《うま》そうに米酒を干すと、酒精で滑《なめ》らかになった舌で饒舌《じょうぜつ》に続ける。

「昔、よくエルドとは女遊びした仲でね。お忍びでよく遊郭《ゆうかく》に出入りしていたんだ」

「……遊郭」

「自分はいろんな子と楽しく遊ぶけど、エルドはいつも同じ女ばかり。こう、ナイスバディな女の人。お姉さんみたいな感じで、包容力のある感じだったかな」

「ナイスバディ……包容力……」

「お、おい、レオン、止めろって、昔の話だぞ」

「お、キミの焦《あせ》り顔は貴重だな。嫁さんにバレるのが恥《は》ずかしいか？」

レオンはにやにやと笑う。だが、エルドとしては必死だ。

何故《なぜ》なら、レオンの背後で酒を口にするクロエの表情が抜け落ち、瞳からは光が失われているからだ。あれは、紛《まが》うことなき〈死神〉の顔。

何も語らず、何も見ず、何も聞かず――与《あた》えるのは、ただ死のみ。

その目つきが、エルドに向けられているのだ。

だが、それを見ていないレオンは酒の勢いも借りてぺらぺらと語り続ける。

「一時はかなり入れ込んでいたみたいで——隠《かく》れて、遊郭に通っていたときもあったか？　女に興味ない顔をして、好きものだなと思っていたけど」

「……ふむ」

クロエは一息に盃を干し、ぐい、とヒナに盃を突き出す。ヒナはそそくさと黙ってその盃に酒をなみなみと注ぐ。

「そういえば、金を借りに来たことがあったか。ふふ、その理由が……」

「おま、それは男同士の秘密だって……っ！」

泡《あわ》を食って思わず身を乗り出すと、くつくつとレオンは笑って取り合わない。

「嫁に隠すほど、甲斐性《かいしょう》なしだったかな？　キミは」

「話して下さい。レオンさん」

「ああ、その理由がね、女の身請《みう》けを考えているとかで……」

めきり、と木の盃が音を立てて潰《つぶ》れた。その音に、レオンはようやく異変に気付いたのか、口をつぐんで振り返る。

その視線の先には、クロエが無表情で座している。だが、その顔から漂《ただよ》ってくるのは、果てしない怒気《どき》。色濃《いろこ》く漂ってくる気配に、レオンの顔から血の気が引く。

「あ、や……〈死神〉……？　こ、これは昔の話、だからね？」

「ええ、存じ、上げています。私が、参入する、前、ですね」

「あ、ああ、そうそう、だから気に病《や》むことなんてない。いつもの冷静さでなら判断できるはずだよな？　〈死神〉、いや、クロエさん」

「ええ、ない、です。レオン、さん、は」

いつも以上に、途《と》切《ぎ》れ途切れの言葉が怖《こわ》い。怖すぎる。

クロエは乱暴に横にいるヒナから酒瓶《さかびん》をひったくる。そのまま、それを逆さにしてらっぱ飲みを始める。エルドは面食らいながら慌てて腰を浮《う》かした。

「や、クロエ、それは飲み過ぎ――」

「飲んでなきゃ、やってられますかぁ！」

クロエの絶叫《ぜっきょう》が、部屋に響き渡《わた》った。ぽかん、と思わず全員が呆気《あっけ》にとられる。

その視線の先で、顔を真っ赤にしたクロエは――涙目《なみだめ》、だった。ぐい、とさらに酒を一口飲み干し、ばんばんと掌《てのひら》で机を叩《たた》く。

平時のクロエではまずあり得ない暴走。彼女は感情を爆発《ばくはつ》させるように喚《わめ》き散らす。

「こんな……っ、こんな悔《くや》しいこと、あるわけ、ないでしょ……っ！　ねえっ、ねぇっ」

「ちょ、先輩、苦しいです……っ！」

喉《のど》を鷲掴《わしづか》みにし、ぐらぐらと揺さぶられるヒナの顔がだんだん青くなっていく。やばい、このままだと死人が出る――エルドとレオンは直感的に思った。

エルドの判断は、素早《すばや》かった。一瞬で滑るように立ち上がって踏《ふ》み込む。

立ち上がり居合の要領で、クロエに手を伸ばし――。

二人の手刀が、中空で交錯《こうさく》する。

その隙《すき》にレオンはヒナの腕を掴《つか》み、安全圏《あんぜんけん》まで引き寄せる。ヒナはレオンの腕にしがみつきながら一歩引くと、引きつり笑いを浮かべる。

「え、嘘《うそ》、でしょ……あの、先輩が……嫉妬《しっと》で、暴れ酒？」

「あの無表情で無感情の、〈死神〉が……うそ、だろう……？」

「まあ、そういうところも可愛《かわい》いお嫁さんなんだ……っ」

「エルドさんも、浮気性《うわきしょう》なところも含《ふく》めて、素敵《すてき》な旦那《だんな》様《さま》です……っ」

二人の間で手刀がぎりぎりとせめぎ合いながら、思わず剣呑《けんのん》な笑みをこぼし合う。

エルドは素早くヒナに目配せする。彼女はこくこくと頷くと、素早くレオンの腕を引っ張りながら必死に訴《うった》える。

「王様、今日はお開き！　ね、寝《ね》よう、ね？」

「そ、そうだな……わ、悪かった。エルド」

「いいから、さっさと寝ろ……っ！　今から、夫婦《ふうふ》の時間だ……っ！」

エルドの力んだ返答に、レオンとヒナはそそくさと家を後にする。少なくとも、家の中にいなければ、どうにかなるだろう。

（問題は、この収拾《しゅうしゅう》を、どうつけるか、だが……っ！）

どうでもいいが、目の前で涙目になって見つめてくるクロエが愛《いと》おしくて仕方がない。

お嫁さんのこんな一面が知れたことが嬉《うれ》しい。

だが、同時に彼女《かのじょ》の殺気も膨《ふく》れ上がっているから困ったものだ。

エルドは力ずくで彼女の動きを封《ふう》じながら、押し殺した声で訊ねる。

「……どうすれば、納得してくれる……っ？」

「……死にます……」

「……え？」

「エルドさんを、殺して……っ、私も死にます……っ！」

クロエは涙目でそう叫《さけ》ぶと、ふっとその力が緩んだ。わずかにエルドの身体が前に泳ぐ。

咄嗟《とっさ》に立て直すが、その隙にクロエの手刀が容赦《ようしゃ》なく繰《く》り出される。

身を捻《ひね》ってそれを躱《かわ》すが、体勢はもう立て直せない。

その致命的《ちめいてき》な隙に、クロエの身体が懐《ふところ》に飛び込んでくる。殺《や》られた……！

衝撃《しょうげき》と共に、エルドは板張りの床《ゆか》に背中を打ち付ける。そのまま、クロエの背に手を回し――まだ、生きていることに気づく。

クロエはやろうと思えば、指先で急所を抉《えぐ》れる。それをしなかった、ということは。

（無理心中は、あきらめたか……）

思わず内心で一息。だが、クロエは涙目のまま、エルドのマウントポジションを取ったままだった。そのまま、嗚咽《おえつ》をこぼし始める。

「エルドさんが……浮気《うわき》、浮気ものぉ……」

「ったく、もう……」

えぐっ、えぐっとしゃくりあげるクロエを可愛らしく思いながら身を起こし、クロエの身体を優しく抱《だ》きしめてあやす。

「まず……誤解だが、僕《ぼく》が身体を許したのは、後にも先にもクロエだけだぞ？」

「ふぇ……？　でも、遊郭通い……」

「あれは、レオンに付き合っただけだ。レオンの奴、今みたいに護衛なしで王城から抜け出すことがちょくちょくあったからな」

放っておけば護衛を撒《ま》いていってしまう。だからこそ、お守り代わりに遊郭までくっついていった。先王――レオンの兄も苦笑い交じりにそれを許してくれた。

「で、さすがに一緒《いっしょ》に遊郭に入って、金も払《はら》わないのは角が立つだろう？　だから、話に付き合ってくれる子と毎回、酒を飲んで暇《ひま》を潰していた」

「……寝ては、いないのですか？」

「ああ、そういう付き合いは、あまり好きじゃなくて」

それでもきちんとお金は払っていた。それが筋だからだ。

「──で、そうやってその子と話しているうちに、借金を返すために遊郭で働いていることが分かってな、あまり、こういう仕事は好きでないということも聞いた」

「……だから、身請けを？」

「そゆこと。勘違《かんちが》いを防ぐために、レオンには口止めさせたけど」

その子は今、王城で働いているはずだ。辞《や》める前に軽く挨拶《あいさつ》をしておいた。今は、後輩《こうはい》騎士《きし》の一人と恋仲《こいなか》になっているらしい。

（ま、あいつならしっかり幸せにしてくれるだろうし）

そんなことを思い返しつつ、そっとクロエの髪を撫でて不安そうにしている彼女の目を見つめてダメ押しに言葉を重ねる。

「誓《ちか》って言えることは、これまでで好きになったのは、後にも先にも──クロエだけだ」

「……本当、ですか？」

「クロエも、それは調べたんじゃないか？」

その言葉に気まずげにクロエは視線を逸《そ》らす。思わず苦笑いをこぼした。

クロエの尾行《びこう》は完ぺきだが、他の子はそこまではいかない。何度か〈暗部〉がエルドの身辺調査を行っている気配を感じていたのだ。

「親しい女性は、仲間や部下とその子以外いなかった——これでも、納得しないか？」

「……理解、しました。けど、納得、できないです」

拗ねたような口ぶりで、クロエはぐりぐりと額を胸に押しつけながら、ちら、と上目遣《うわめづか》いで見てくる。その目つきは、いつものおねだりの視線。

仕方ないな、と苦笑いを浮かべ、クロエの頭を撫でながら訊ねる。

「じゃあ、どうすれば納得してくれる？」

「……納得するまで、納得させて、ください」

じっと見つめてくる彼女の瞳。それがゆっくりと閉じられて身を乗り出す。

その可愛らしいおねだりに、エルドは目を細めてその両頬《りょうほお》に手を添《そ》える。

最初の口づけはそっと優しく。そのまま、二度、三度と繰り返しながら甘く囁《ささや》く。

「納得するまで、となると、寝かせられないぞ？」

「構い、ません。丸一日でも、二日でも——また、足腰《あしこし》が立たなくなっても」

「それは、楽しい夜になりそうだな」

二人で額を合わせてくすくすと笑い合う。拗ねていた彼女はいつの間にか、甘えるようにそっとエルドと身体を重ね合わせる。

やがて、響き渡るのは、微《かす》かな吐息《といき》と濡れた声――。

それは、家の外まで響き渡るようになるのに、さして時間はかからなかった。


「ゆうべはおたのしみでしたね」

「何故《なぜ》、棒読みなんだ、レオン……」

清々《すがすが》しく晴れた翌朝。エルドは外で薪《まき》を割りながら半眼を向ける。レオンも隣で薪を割りながら軽く笑みをこぼし、目を細める。

「昨日はびっくりしたが、なんだかんだで上手くやったみたいだね。さすがエルド、女の扱《あつか》いも英雄クラスということかな」

「どういう意味で言っているか分からないが、昨日みたいな迂闊《うかつ》な発言は止《よ》してくれよ。レオン……意外とクロエは嫉妬《しっと》深《ぶか》いんだ」

「ああ、それに関しては、ごめん。酒の場とはいえ、無神経だったな」

そう言うレオンは少しばつが悪そうだ。元々、彼《かれ》は気配りができる人間だから、クロエの心を乱したことを恥じ入っているのだろう。

だからエルドはそれ以上言わず、肩を竦めて言葉を返す。

「ま、その分手伝ってくれれば問題ない。ほら、手を動かせ。薪はいくらあっても足りないぞ」

「……ああ、任せてくれ」

レオンはふっと笑みをこぼすと、斧《おの》を握《にぎ》り直して切り株の上の薪を叩き割《わ》る。乾《かわ》いた木の音と共に二つに割れた薪が地面に転がった。

エルドも薪を割りながら視線をクロエの方に向ける。そこではクロエとヒナが窯《かま》で火を盛《さか》んに焚《た》いている。粘土と泥《どろ》を練って作った窯で、乾燥《かんそう》させた煉瓦を手早く焼成しているのだ。作業する二人は熟練の職人のように手慣れている。

頼《たの》もしい彼女たちの足を引っ張らないためにも、エルドとレオンは無言で薪を割っていく。焼成には薪がうんざりするほど必要なのだ。

しばらく二人は黙々《もくもく》と作業し続ける。いつの間にかひんやりとしていた早朝の風が温《ぬく》もりを帯び、陽の光がぽかぽかと降り注ぐ。エルドは汗を拭きながら手を休めると、クロエが振り返って目を細めた。

「エルドさん、レオンさん、ひとまず、そこまでで」

「煉瓦を冷ます必要があるしね。休憩《きゅうけい》しよ、王様」

ヒナののんびりした声に頷き、レオンは手を止めて一息つく。

「じゃあ、少し休むか。いい運動になったな」

「王城ではなかなかしない仕事だろう？」

「ああ、もちろん。たまにはこういうのも悪くない」

しみじみと噛《か》みしめながら、レオンは目を細めてつぶやく。

「……こんな日々を護り抜かないとな……改めて実感するよ」

「ん……そうだな」

その横顔を見ながら思う——やはり、レオンハルトは王の器だ。

奔放《ほんぽう》なところがあるが、全体を見る計算高いところや民を想《おも》いやる気持ち、そして、平和を実感して大切にできるのは、王として大切な資質だ。

彼なら民のために一生懸命《いっしょうけんめい》、国を導いてくれるはずだ。

エルドは目を細めながら、その肩を軽く叩いた。

「応援《おうえん》しているぞ。陛下」

「はは、ありがと。親友」

エルドとレオンは笑みを交《か》わし合うと、クロエが軽く咳払《せきばら》いをして言う。

「二人とも先に、汗を流されては、いかがでしょう」

「ああ、そうだね。先にさっぱりするか。エルド」

「王様と、ついでにエルド様の分も、お茶を煎《い》れておくんで」

「僕はついでか、まぁいいけど」

和気藹々《わきあいあい》と四人は笑顔と共に言葉を交わし合う。クロエとヒナは連れ立って家の方へと歩いていき——ふと、クロエが足を止める。

「……ヒナ」

「ん、あ……そうですね。先輩」

クロエの声にヒナは目を細めて振り返る。その目つきがわずかに鋭《するど》くなっているのを見て、エルドは眉を寄せながら二人に声をかける。

「どうした？　何かあったか？」

「ん、〈暗部〉の、連絡《れんらく》」

短くクロエが答えながら空を指さす。その指の先に見えたのは、羽ばたきながら近寄ってくる一羽《わ》の鳥だ。ひらりと宙を舞《ま》い、差し出したヒナの腕の上に止まる。

ヒナはその足に結《ゆ》わえ付けられた手紙を解き、素早く広げて中に目を通す。

そして、レオンを振り返ると、淡々《たんたん》とした声で告げる。

「陛下、お戻《もど》りにならねばならなさそうです」

今までの砕《くだ》けた口調が嘘のように、真剣《しんけん》な口調のヒナ。レオンは長いため息を絞《しぼ》り出してから、ゆっくりと視線を上げる。

その目つきは先ほどとは打って変わり、深い知性が宿っている。王としての姿へと変化した彼は低く重い口調で告げた。

「……そうか。休暇《きゅうか》はここまでか」

「はい、魔竜《まりゅう》が動きを見せました。それも急な動きで、防衛線が突破《とっぱ》される恐《おそ》れも。第三部隊、第四部隊が応戦しています」

ヒナはそう言いながら懐から地図を取り出す。素早く広げると、その上をさっと指でなぞっていく。それをレオンは見つめ、わずかに考《かんが》え込む。

それを見て、ヒナは指先をその南の方へと移動させ、指でとんとんと叩く。

「第六、第七が街道封鎖《ふうさ》するために待機しています。動かしては――」

「いや、それは動かさない……我々が行こう。この位置ならその方が早い。中間地点で迎《げい》撃《げき》の準備をする。〈暗部〉と騎士団《きしだん》に連絡を回せ。ヒナ」

「……なるほど。承知いたしました。陛下」

ヒナは一礼すると懐から紙きれを取り出し、素早く伝令用にメモを書いていく。その傍《そば》でレオンはエルドとクロエを振り返ると、少し寂《さび》しそうに笑みをこぼす。

「すまないね。二人とも。あと三日は魔竜が動かないと思ったが、計算違《ちが》いだったようだ。申し訳ないけど、ここで失礼する」

「ああ、そうか。レオン。気をつけろよ」

「ああ、分かっている。キミほどではないが、後れは取らないつもりだ」

彼がそう告げると同時に、ヒナが空へと鳥を解き放つ。その足にメモを括《くく》りつけられた鳥は空高く舞い上がり、北を目指す。それを見やり、彼は頭を軽く下げる。

「じゃあ、失礼する――また連絡する」

「先輩、また会える日を楽しみにしています」

レオンとヒナは軽い挨拶と共に、足早に森の中へと消えていく――あっさりとした退散。

エルドとクロエはその背中をじっと眺《なが》めていた。

そして、木立の間に消えたのを見計らい、エルドは口を開く。

「……レオンの想定外、か。大分、急を要したんだろうな」

「でしょう、ね。地図を見る限り、そのようでした」

「だけど、第六、第七部隊は動かさなかった――全く、あいつらしい」

「そう、ですね。恐らく、保険でしょう」

地図を同時に見ていたエルドとクロエは、どの位置に魔竜が存在するか予想がつく。それはここからすぐ北だ。つまり、いつも行く村から近い。

すぐにぶつけることのできる戦力は騎士団の第六部隊と第七部隊。これは村の北に位置している。だが、レオンはそれを動かす指示を出さなかった。そこから動かしてしまえば、村は無防備に晒《さら》され、万が一のときに窮地《きゅうち》に陥《おちい》る。

だからこそ——レオン自身が、動いた。

「レオンが自ら魔竜を討《う》ち取る気だろうな」

「ええ、恐らくそう、だと思います」

二人の意見が合致《がっち》し、ふわりと風が吹《ふ》き抜ける。涼《すず》しい風に目を細めながら、エルドは腰の剣《けん》に手を掛《か》けて軽い口調で訊ねる。

「クロエ、レオンの勝率は？」

「……状況《じょうきょう》にも、よりますが」

クロエは少し考え込むように首を傾《かし》げ、淡々と言葉を続ける。

「援護《えんご》する騎士団と連携《れんけい》すれば、負けはないでしょう。仮にあの人は〈英雄《えいゆう》〉——その身に〈蒼の英雄〉の、力を宿している以上、本気を出せば、単騎《たんき》でも魔竜を討ち取る実力がありますⅠ」

ですが、と彼女は目を細め、ゆっくりとした口調で続ける。

「騎士団がいなければ、五分と五分。さらに周りの、村に被害《ひがい》が及《およ》ばないよう、に威力《いりょく》を抑《おさ》えて計算し、ながら戦うとなると……勝率は三割、でしょうか」

「あいつがそんな賭《か》けみたいな戦いをするとは思えない……けど」

エルドは深くため息をこぼす。空を見上げ、その静けさに耳を傾《かたむ》ける。クロエはその傍で何も言わずに寄り添うように立っている。

やがて、エルドは仕方なさそうに苦笑いを浮かべて告げる。

「なぁ、クロエ――いいか？」

「ええ、もちろん、ですよ」

クロエは何も聞かずに快諾《かいだく》する。そっと彼の影《かげ》の位置に立ち、ふっとわずかに笑う気配と共に彼女は誇《ほこ》らしげに告げる。

「私は、貴方《あなた》の相棒で、妻です……旦那様の、仰《おお》せの通りに」

「……本当、僕はいいお嫁《よめ》さんをもらったよ」

陽の光の下に立つエルドはそう言いながら踵《きびす》を返す。家に戻ると、真《ま》っ直《す》ぐに部屋の隅に向かい、床板《ゆかいた》を剥《は》がす。その床下《ゆかした》に入っている木箱を取り出し、蓋《ふた》を開く。

ふわりと中からあふれるのは、木炭とハッカの香り。防湿《ぼうしつ》や防虫の措置《そち》がされた木箱の中に収められているのは、白銀のマントだ。その中心に置かれている木札をそっと取り出す。

紅《あか》い翼《つばさ》の印は、国際遊撃士《ゆうげきし》の証。それを見つめ、小さく吐息をこぼす。

(……これを、使う日が来るとはな)

感慨《かんがい》にふけるのもわずかな間だけ。すぐにエルドはそれを懐に収めると、マントを手に取る。壁《かべ》に立てかけていた剣を掴《つか》むと、再び陽の下へと出る。

マントを翻《ひるがえ》し、それを羽織る。その白い布の影に一人の少女が降り立った。黒衣《こくい》の彼女は音もなくするりと傍に立ち、影に姿を溶《と》け込ませ、気配をエルドと一体化させる。頼もしい相棒の存在に口角を吊り上げて告げる。

「行くぞ、クロエ。親友を守るために」

「ええ、もちろん、です……私は、エルドさんの相棒ですから」

彼女のひっそりとした声を頼もしく思いながら、エルドは地を蹴《け》って駆《か》け出す。その後ろをぴったりとクロエは付き従い、駆けていく。

目指す方向は、ひたすらに北——親友の元へと。

第七話　二人が英雄である瞬間

episode 07

（……さて、さて、計算通りかな）

国王にして〈英雄〉たるレオンハルトは、馬の手綱《たづな》を引く。平原で馬の足を止めると、ぐるりと周りを見回した。そこは何もない拓《ひら》けた場所。

行き交う人々によって踏み慣らされた街道の真ん中。街道は騎士団が封鎖しているので、そこを通る人は一切《いっさい》いない。草原に吹き渡る風に目を細めていると、馬を並べたヒナがため息交じりに声をかけてくる。

「王様、本当にここで迎撃するんですか？　騎士団の応援なしで」

「うん、そうなるかな。騎士団の部隊は、引き続き街道の封鎖、及び防衛線の構築が役目だ」

万が一、この場所で魔竜を打ち漏らせば、手負いで獰猛《どうもう》になった魔竜が村へと逃《に》げるだろう。そうなれば、被害は想像を超《こ》えることになる。

だからこそ、封じ込めるためにも騎士団は配置を崩《くず》せない。

「そして、迎撃するのは自分が一番適任、と……やれやれ、損な役回りだ」

「いやぁ、王様がわざわざ迎撃する必要はないと思うんだけどねぇ……」

「仕方ないじゃないかな。この近辺にいる軍属で最強の人間といえば、自分しかいないんだから。中途半端《ちゅうとはんぱ》な実力の人間に任せるよりはマシだよ」

それに、とレオンは目を細め、傍のヒナを見やって苦笑いを浮かべる。

「これは、自分の計算違いが招いたことだからね」

本来なら、この位置まで魔竜を引き込むことはあり得なかった。

辺境を警備している将軍が国境で魔竜を押《お》しとどめ、魔族《まぞく》軍と連携して被害を最小限に挟撃《きょうげき》で魔竜を退治する——そういう計画だった。

だが、不自然にも将軍は魔竜を取り逃がした——あろうことか、人里の方へと。

念のため、街道を封鎖し、付近の集落を避難《ひなん》させていたからこそ人的被害はなかったが、数か所の集落は魔竜に焼き払われる結果となっている。

「あの将軍は、多分、魔族と通じているねぇ」

「今回の一件で、はっきりしたにゃあ」

「うん、これが済んだら対応に移ろう」

そう言いながらレオンは地平線に視線を向け、ゆっくりと目を細める。視線の先の空が目に見えて淀《よど》み始めている。黒い靄《もや》のようなものを撒き散らしながら、何かが飛来してくる。

「……悪いね。ヒナ。〈暗部〉まで戦いに引っ張り出してしまって」

「ま、お仕事だから、仕方ないっすよ」

へらり、と笑ったヒナの笑顔《えがお》は明るい。彼女は鞍嚢《あんのう》に手を突《つ》っ込み、金属の筒《つつ》を取り出しながら気負いなく軽く告げる。

「さっさと始末しましょう。ボクたちが全力でサポートするんで」

その言葉と共に、彼女が軽く手を挙げると、どこからともなく気配がいくつも発生する。

平原の草むらに隠れていたヒナの部下――〈暗部〉の面々。

クロエの薫陶《くんとう》を受けた彼らは無言で王の周りを囲み、臨戦態勢を取る。

その頼もしさに口角を吊《つ》り上げながら、レオンは背負っていた槍《やり》を引き抜《ぬ》いた。蒼《あお》い輝《かがや》きを放つ金属の槍を軽々と片手で振り回し、頭上を見やる。

その影はすでにレオンたちに接近していた。羽ばたきと共に眼下のレオンに唸《うな》り声を放つ。大空を覆《おお》うような漆黒《しっこく》の巨体《きょたい》は鱗《うろこ》に覆われ、血走った目はレオンを睨《にら》みつける。

魔竜はレオンたちをはっきり敵と認識《にんしき》したのか、翼をはためかせて舞い降《お》り、獰猛な唸り声を上げる。レオンは挑発《ちょうはつ》するように魔竜に槍を突きつけ、不敵に笑みをこぼした。

「さぁ……魔竜退治といこうじゃないか！」

魔竜は大戦時も人類陣営《じんえい》を脅《おびや》かした存在だ。

獰猛な気性《きしょう》に加え、その巨体から振《ふ》るわれる牙《きば》や爪《つめ》は数多《あまた》の人間を引きちぎり、血に染めてきた。口から放たれる紅蓮《ぐれん》の炎《ほのお》はいくつもの街を焼き、その存在を恐れない者はいなかった。その存在で〈英雄〉もまた何人か命を落としている。

だが、彼らは別に魔族に与《くみ》しているわけではなかった。強さ故に驕慢《きょうまん》であり、人類も魔族も下等生物として見下している――彼らからすれば、虫けらを掃除《そうじ》しているようなものだ。

だからこそ、人類連合も出来得る限り、魔竜を相手にしないようにしてきた。

事実、魔王《まおう》との決戦では、魔竜は傍観《ぼうかん》に徹《てっ》し、どちらの陣営を攻撃《こうげき》するでもなかったのだが――。

「まさか、平和になった時代で戦う羽目になるとはな！」

その声と共にレオンは地面を蹴って後ろに跳《と》ぶ。その目の前に振り下ろされたのは竜《りゅう》の爪だ。地面に叩きつけられ、轟音《ごうおん》と共に地面が揺《ゆ》さぶられる。

レオンは体勢を崩すことなく着地すると、お返しとばかりに槍を放つ。

冴《さ》え渡る刃閃《じんせん》に陰《かげ》りはない。鋭い刺突《しとつ》が魔竜の右前脚《みぎまえあし》を捉《とら》え、鱗を砕く。だが、それに構うことなく、魔竜は首をもたげると、牙を剥《む》き出しにして噛みついてくる。

その一撃《いちげき》をレオンは冷静に懐に飛び込むように踏み込んで回避《かいひ》。すれ違い様、槍を薙《な》ぎ払い、左前脚を引き裂《さ》く。鱗が飛び散り、わずかに血飛沫《ちしぶき》が上がる。

浅い手応えにレオンは舌打ちをこぼしながら、間合いから離脱《りだつ》する。

（やはり鱗が硬《かた》くて刃《やいば》が通らないか……！）

魔竜の鱗は強固であり、並大抵《なみたいてい》の武器では刃が立たない。辛《かろ》うじて刃が通るのは、レオンが戦時中、特注で作った剛槍《ごうそう》だからだ。唯一《ゆいいつ》の救いは、動きが鈍《にぶ》いことか。

とはいえ、振り回される巨大《きょだい》な爪や牙、尻尾《しっぽ》は脅威《きょうい》だ。

距離《きょり》を置くレオンへ魔竜は地を蹴ると、鋭い爪を振り下ろす。それを紙一重で躱したところで、ヒナたち〈暗部〉が横合いから矢を放つ。

短く鋭い矢は鱗に弾《はじ》かれるが魔竜は鬱陶《うっとう》しそうにそちらを睨む。レオンはその瞬間に槍の穂先《ほさき》を魔竜に向ける。全身の力を柄《つか》から流《なが》し込みながら叫んだ。

「蒼の使い手が命じる！　我らの敵をその腕《うで》で抱け――〈蒼キ鎖《くさり》〉！」

鋭い声に応じ、切っ先から青白い光が迸り、そこから光の鎖が放たれる。虚空《こくう》を駆けた鎖は魔竜の首に巻き付いていく。

これがレオンの〈英雄〉としての力――〈蒼キ鎖〉だ。

自分の力を鎖として発現。敵を縛《しば》り上げることができる。応用の利《き》く能力であり、これで何度も命を救われてきた。さらに力を込めると鎖が強く締《し》め付けられ、魔竜の首周りの鱗が飛び散る。

予期せぬ苦しみに魔竜は唸り声を上げながら首を振る。その強い力にレオンは下手な抵《てい》抗《こう》をせず、鎖を解いて後ろへと飛びずさる。だが、魔竜はそれを睨みつけると、その口を大きく開いた。

その喉の奥《おく》から炎がちらつく。それを見た瞬間、レオンは息を吞《の》む。

（やば――）

咄嗟に〈蒼キ鎖〉を集めて即席《そくせき》の盾《たて》を作り出す。直後、大きく息を吸《す》い込んだ魔竜の目が見開き、喉の奥から眩《まばゆ》い閃光《せんこう》が溢《あふ》れ出す。

そして、その中から凄《すさ》まじい業火《ごうか》が放たれた。

まさに竜の咆吼《ほうこう》というべき轟音と共に、炎の奔流《ほんりゅう》が平原を焼き尽《つ》くす。それがレオンへと殺到《さっとう》。一瞬《いっしゅん》にして鎖の盾を消し飛ばし、レオンも呑み込まれる――。

寸前、その前に割り込んだ黒い影があった。影はそのままレオンを地面に押し倒《たお》し、そのまま地面にぴったりと倒れ伏《ふ》す。その真上を業火が駆け抜けていく。

草原は跡形《あとかた》もなく黒焦《くろこ》げになってしまうが、その中から立ち上がった二人は無傷だ。

「悪い、助かった！　ヒナ」

「全くですよ、これやるの心臓に悪いんだからっ！」

ヒナはそう言いながら、身体を覆っていた黒衣を脱《ぬ》いだ。

〈暗部〉の衣装《いしょう》は特殊《とくしゅ》な素材でできており、炎《ほのお》や熱《ねつ》、刃を通さない。それを〈蒼キ鎖〉で補強して何とか業火の息吹《いぶき》を二人でやり過ごしたのだ。

二人を仕損じたと見るや、魔竜は獰猛な唸りと共に地面を踏みしめる。だが、次の瞬間、その背で爆《は》ぜた炎で魔竜は体勢を崩した。

他の〈暗部〉の面々の援護だ。放った火薬が次々に爆ぜ、魔竜を妨害《ぼうがい》する。

だが、それも致命打《ちめいだ》にはならない。苦悶《くもん》の唸りと共に大きく暴れ、地面を尻尾が大きく叩く。その間合いからレオンはヒナと共に離《はな》れながらつぶやく。

「やはり、決定打に欠ける……！」

「王様の力は、後方支援《しえん》向きだからね……っ！」

「ああ、いつもトドメはあいつに任せていたからな」

レオンはいつでも鎖で敵の動きを止めたり、あるいは仲間の動きを助けるのが役目。前線で戦う機会はあまりない。いつもそうしてくれたのは、エルドだった。

彼は深く吐息をこぼしながら、槍を構え直す。ヒナはその隣《となり》に並ぶと、弓を構えて油断なく魔竜に気を配りながら言う。

「……まさか、王様……万策《ばんさく》尽《つ》きたわけないよね？」

「それはもちろん。甚《はなは》だ遺憾《いかん》だが、計算通りだよ」

「……計算、通りなんすか？」

胡乱《うろん》そうにヒナは視線を向けてくる。レオンは頷《うなず》きながら魔竜を見やる。魔竜はレオンを視線で捉えると、怒《いか》りの咆吼と共に地を蹴る。

猛烈《もうれつ》な勢いで突っ込《こ》んでくる敵を相手に、ひっそりと彼は苦笑いをこぼした。

「……ああ、本当は彼らの手は、借りたくなかったんだが」


瞬間、不意に魔竜の背から光が迸《ほとばし》った。

一瞬だけの閃光は二筋。白と黒の軌跡《きせき》が魔竜の背にある翼を真横一文字に裂く。それにヒナが目を見開いた瞬間、不意にそこから血飛沫が勢いよく噴《ふ》き出した。

「ガアアアアアアアアアア⁉」

今までにないほどの苦悶の叫びを上げて暴れる魔竜。そのたびに真っ赤な血飛沫が撒き散らされ、地面に落ちて湯気を放つ。それを避《さ》けるようにさらにヒナは後ろに跳び退きながら、目をぱちくりとさせる。

「え……こんなの、誰《だれ》が、一体……」

「もちろん、こんなことができるのは彼らしかいないだろう？」

レオンはその言葉と共に視線を上げる。そこにふわりと舞い降りるように着地した人影《ひとかげ》。見慣れた白いマントをはためかせ、剣を手にぶら下げて立つ一人の青年。よく見ればその影に埋《う》もれるようにひっそりと一人の少女が立っている。

その頼もしい二人を見て、ふっとレオンは笑《え》みをこぼした。

「よく来てくれた。〈白の英雄〉、そして〈死神〉」

エルドたちが戦場を突き止《と》めるのは、難しいことではなかった。

魔竜はその身体から淀んだオーラを放っている。飛べば黒い瘴気《しょうき》を撒き散らすので、その痕跡《こんせき》を辿《たど》っていけばすぐに発見できるという寸法だった。

すぐにそこに駆けつけたエルドとクロエは、そのままレオンに気を引かれている魔竜の背後に回り込み、気配を殺して奇襲《きしゅう》。翼を引き裂いていた。

そのままひらりと着地した二人を前にしたレオンとヒナは揃《そろ》って呆《あき》れたような笑みをこぼす。

「相変わらずだな……エルド。まさか、魔竜の翼を斬《き》るか」

「まだエルド様は納得《なっとく》できるけど……先輩《せんぱい》まで、どうやって斬ったんすか」

「筋に沿っ、て斬れば、いい。料理と、同じ」

「竜の筋肉の筋なんて分かりませんよっ」

「修練、不足」

クロエは淡々と言いながら、エルドを振り返って目を細める。

「極《きわ》めれば、石も鉄も、斬れる――ですよね？　エルドさん」

「ああ、そうだな。見事な手腕《しゅわん》だった。さすが相棒だ」

エルドの称賛《しょうさん》にクロエは一瞬だけ表情を緩《ゆる》めた。だがすぐに表情を消すと、とん、とエルドの背に背を預けてくる。小さくも優《やさ》しく、頼もしい感覚。

エルドも表情を引き締めると、構えを崩さずにレオンを一瞥《いちべつ》する。

「いろいろ言いたいことはあるが、後回しにしよう。さっさと仕留めよう」

「さすが〈白の英雄〉――じゃあ、頼んだぞ」

「ああ。そっちも支援は頼んだ。〈蒼の英雄〉」

短く答えて魔竜を見やる。魔竜は全身を震《ふる》わせ、唸り声をこぼしながらエルドを睨みつけてくる。視線だけで人を殺せそうなほどの剣呑さ。

それを自然体で見つめ返しながら、エルドは背後に小さく声を掛ける。

「クロエ——頼むぞ」

「お任せ、を」

頼もしい声と共に、クロエは気配がすっと溶けるように消える。だが、温もりはすぐ近くにある。愛おしい女性の息吹が、傍にある。

それだけでエルドの身体の芯《しん》から力が湧《わ》いてくる。彼は口角を吊り上げながら、剣を一《ひと》振《ふ》りして魔竜と対峙《たいじ》した。

獰猛な唸り声を上げる魔竜の漆黒の身体は血に染まっているが、その殺意は衰《おとろ》えていない。太い爪や牙を見やり、ふん、とエルドは鼻を鳴らす。

「未熟な竜だな。まだまだ、青い」

大戦中、魔竜は不干渉を貫《つらぬ》いた。とはいえ、エルドたちが戦わなかったわけではない。

一部の魔竜は魔王の思想に共感し、手を貸していた。

そこでの戦いは熾烈《しれつ》を極めた。そこで何人の英雄が命を落としたかは分からない。

その中でも一番手強《てごわ》く、一番美しかった魔竜を思い出し、目を細める。

「彼女に比べれば――まだ、甘《あま》い」

その視線に込められた侮《あなど》りを感じ取ったのか、魔竜は苛立《いらだ》ちと共に尻尾で荒々《あらあら》しく地面を叩《たた》く。抑えきれない殺気をぶつけるように、魔竜は前のめりになる。

「……やってみるか？」

挑発するようにエルドは囁き、ゆっくりと爪先《つまさき》に力を込め、重心を前に寄せる。

その両者の間に、一瞬の沈黙《ちんもく》が走る。水を打ったような静けさの中で、両者の視線が交わり。

弾かれたように、魔竜は空を揺るがす咆吼を放った。同時に地を蹴り、猛然《もうぜん》と襲《おそ》い掛かる。魔竜の全力の突進《とっしん》。あまりに凄まじい速度で常人では反応し切れない。

だが、エルドはすでに回避していた。地を一度蹴っただけで突進の軌道《きどう》から逃《のが》れ、竜の側面に回り込む。それを目の端《はし》で捉えた魔竜が大きく目を見開いた。

「……欠伸《あくび》の出る速度だな」

冷静に呟《つぶや》くエルドは地を蹴り、すでにその懐へと飛び込んでいた。その無防備な竜の土手腹に真下から斬撃《ざんげき》を放つ。

眩い白閃《はくせん》が迸った直後、ぱっと血飛沫が舞い、湯気と共に地面に撒き散らされる。その血飛沫の量は、レオンが加えた一撃とは比にならない。

純粋《じゅんすい》にて圧倒的《あっとうてき》な剣技。それこそが彼を〈白の英雄〉たらしめた所以《ゆえん》だ。

「グオオオオオオオオオ！」

その痛みを表す絶叫《ぜっきょう》は凄まじい。空を震わせる咆吼に顔を顰《しか》めながら、エルドは地を蹴ってその間合いから素早《すばや》く離脱する。

（図体《ずうたい》だけの竜だな……見てからでも避けられるわ）

殺気を放ってから動くまでに遅《おそ》すぎる。その身に宿った強大な力を思うがままに振るい、叩きつけているだけだ。

他の騎士《きし》たちならその力任せの攻撃で何とかできるかもしれないが……〈英雄〉たちからすれば欠伸が出るほどの稚拙《ちせつ》さ。避けるのは目を瞑《つぶ》ってでもできそうだ。

（ま、そこまで慢心《まんしん》するつもりはないが）

エルドは迸った殺気を先読みし、軽く地を蹴って後ろへ跳ぶ。そこへ飛び掛かってきた魔竜の爪が降り注ぐ。地面を砕き散らし、大地を揺らすが、エルドは落ち着いて着地。剣を手にぶら下げたまま、呆れたように告げる。

「いいのか？　僕に気を取られ過ぎても」

そう告げながらゆっくりと剣を担《かつ》ぎ、口角を吊り上げる。

「背中がお留守だぞ」

直後、その言葉に応えるように、竜の尻尾が千切れて宙を舞った。エルドは視界の端で、動き回る漆黒の影を捉えていた。魔竜は驚愕《きょうがく》と痛みにさらに咆吼を放つ。

だが、それは怒りよりも戸惑《とまど》い、慄《おのの》きが交ざりつつある。

それもそうだろう。侮っていた人間が容易《たやす》くその身体を引き裂き、攻撃をかわしてくる。

その絶大な力に信頼《しんらい》を置いていた魔竜からすれば、常識の崩壊《ほうかい》だ。

その動揺《どうよう》を、エルドとクロエの二人が逃がすわけがない。

（悪いな、これも世の常だ——）

一瞬、白い影と黒い影の視線が交錯《こうさく》した。直後、二つの影が疾駆《しっく》する。

踏《ふ》み込みと同時に、エルドの刃が深々と竜の前脚を引き裂く。駆け抜けざま、入れ替《か》わりに漆黒の影が後《うし》ろ脚に刃を走らせた。

その直後、体勢を崩した魔竜に向け、跳《は》ね上がるように白閃。

その血飛沫に紛《まぎ》れ、腹を引き裂く一筋の黒閃《こくせん》。

白と黒の斬撃が息つく暇もなく刃の嵐《あらし》となって、魔竜の身体を引き裂いていく。それに魔竜の咆吼は徐々《じょじょ》に甲高《かんだか》く、許しを乞《こ》うように空へと響《ひび》き渡《わた》る。

（……そろそろ、トドメとするか）

魔竜が弱ってきたことを見抜《みぬ》き、エルドは素早く距離を取る。そのまま刃を鞘《さや》に納めると、重心を低くして爪先に力を込める。深く呼吸をし、肚の底から力を引き出す。

それは必殺の構え――〈白の英雄〉としての、技の構えだ。

完全に停止したエルドを、苦痛と怒りでないまぜになった瞳《ひとみ》で魔竜が睨んでくる。そして、大きくその顎《あご》を開いた。その喉《のど》からちらつくのは業火の気配。

竜の息吹。それが直撃《ちょくげき》すれば、何の用意のないエルドは消し炭になる。

だが、彼は必殺の構えを崩さず、力を剣に込め続ける。そして、信頼の瞳で彼方《かなた》を見つめ、小さく告げる。

「信じているぞ――みんな」

ええ、という微かな囁き声が、どこからか聞こえた気がした。

直後、魔竜の周囲の地面が大きく爆ぜた。そこから蒼い光が迸り、一気に魔竜の身体へと絡《から》みつく。輝くその光の鎖は、見間違《みまちが》えようがない、レオンの〈蒼キ鎖〉だ。

予期せぬその奇襲に魔竜は狼狽《うろた》える。四肢《しし》が抑え込まれ、首も絞《し》めつけられては満足に竜の息吹を放てない。そこへエルドは静かに気迫《きはく》を高めていく。

溜《た》め込まれていく力により、鞘から紫紺《しこん》の光が徐々に溢れ出していく。それを感じ取ったのか、恐慌《きょうこう》をきたした魔竜が絶叫と共に大きく暴れる。

後先考えず、鎖に身体を叩きつけるような暴走。だが、鎖は一切《いっさい》緩《ゆる》まない。

何故《なぜ》なら、その鎖を引っ張っているのはレオン一人ではない——いつの間にか、周囲を包囲するように現れていた漆黒の影たちが鎖を掴《つか》んでいるのだ。

その指揮を執《と》るのはクロエとヒナ——〈暗部〉の無言の連携が、魔竜を拘束《こうそく》する。

その中心でレオンが槍を地面に突き刺《さ》す。直後、一気に鎖が締め上げられ、魔竜の動きがぴたりと止まる。


その瞬間を、待っていた。


エルドは目を見開くと、足の爪先に力を込める。澄《す》んだ鍔《つば》鳴《な》りの音が響き渡り。

直後、眩い剣閃《けんせん》が鞘から迸り、虚空を駆け抜けた。

それは、どこまでも白い刃。そこまでも白く澄み切った光の刃。

光速で抜くが故に、光となった斬撃——それはこの世のありとあらゆるものを引き裂く、魔王さえも討ち取った至高の刃。

「——〈白刃閃光《はくじんせんこう》〉」

万象《ばんしょう》斬断。〈白の英雄〉としての一撃が放たれる。

その閃光が真っ直ぐに魔竜の首を駆け抜け——静けさが、訪《おとず》れた。

信じられないとばかりに目を見開いた魔竜の視線がエルドの姿を捉え、直後、ずるりとその首が斜《なな》めに滑《すべ》る。その首が地面に落ちた瞬間、ずん、と音を立ててその魔竜の身体が地面に崩れ落ちた。それを合図に〈蒼キ鎖〉も消え溶ける。

残心の姿勢だったエルドは刃を一振りして構えを解くと、すっと背後に気配が戻ってくる。とん、と背中合わせになる感覚と共に、小さく囁《ささや》き声が響いた。

「お疲《つか》れ、様です。エルド、さん」

「ああ、クロエも」

そう答えて吐息《といき》をこぼすと、ゆっくりと振り返った。

後ろに立つ小柄《こがら》な人影。フードまで被《かぶ》った黒衣は血糊《ちのり》でべったりだ。そのフードを脱がすと、クロエは微《かす》かに目尻《めじり》を下げて目だけで笑う。

エルドは笑みを返すと手を挙げる。クロエはそっと手を挙げ返し。

音のない静かなハイタッチを、二人は交わし合った。

「お疲れ様《さま》。エルド。今回は助けられたよ」

竜を討伐《とうばつ》した夜、エルドたちの家にレオンは再び足を運んでいた。エルドはその親友の笑みを見やりながら、軽く酒を口にして肩《かた》を竦《すく》める。

「ま、僕《ぼく》が好きにやったことだから、気にしていない。それより事後処理はいいのか？」

当然だが、魔竜の討伐は国家規模の作戦だったはずだ。騎士団も多数投入した上に、魔竜が大暴れしたことで一部の集落では被害が及んでいる。

だが、レオンとヒナはそれに関与《かんよ》することなく、素知らぬ顔でまたエルドたちの家でのんびりと過ごしている。少し前まで激戦を繰《く》り広げたとは思えない寛《くつろ》ぎ方だ。

エルドの視線にレオンはのんびりと笑みをこぼし、何気ない口調で言う。

「それは近衛騎士に任せるよ。こっちはこれから他の始末で忙《いそが》しくなるから」

エルドは盃《さかずき》を口に運びながら、その言葉に少しだけ目を細めた。

（……始末、ね）

やはり、今回の展開はレオンの計算外の部分が含《ふく》まれていたらしい。

恐らく、内部に裏切り者があり、それが魔竜を呼び寄せたに違いない。

だが、その辺の事情は隠遁《いんとん》したエルドにはもはや関係ない。軽く頷くだけに留め、盃を置くと横合いからすっと手が伸《の》び、とくとくと酒を注《つ》いでくれる。

隣にいてくれる彼女《かのじょ》に笑いかけると、彼女はこくりと軽く頷いた。

それを見たヒナが半眼で小さくつぶやく。

「……こんな二人が、いとも容易く魔竜を始末したとは信じられませんわ……」

「精進《しょうじん》、しなさい。ヒナ。国王陛下を、護《まも》れるように」

「……先輩の背中が、今日ほど遠く思えたことはないですよ……」

少しだけ落ち込んでいるヒナに、レオンは苦笑いと共に頭を撫《な》でる。

「ヒナには十分、いつも助けられている。ありがとう」

「うぅ……王様が妙《みょう》に優しい……不気味……何か企《たくら》んでいるんでしょ……？」

「はは、人聞きが悪いなぁ、いつも計算づくで生きているわけではないよ。今回も計算外なところが多かったからね」

「だが、そういうところを含めて、計算通りだったんだろう？〈蒼の英雄〉」

エルドは酒を口にしながら半眼でレオンを見ると、さぁ？　と彼《かれ》はわざとらしく首を傾げる。ヒナはきょとんと瞬《まばた》きすると胡乱な声で訊《たず》ねる。

「何抜かしているっすか。エルド様。だったらあんなに苦戦するはずないっしょ」

「まだまだ甘い、ですね。ヒナ」

それに答えたのはクロエだ。冷たい視線でレオンを見ながら、彼女はわずかに低い声で告げる。

「この人は、エルドさんを、上手《うま》く、利用した、ということです」

「それも少し人聞きが悪いんじゃないかな？　〈死神〉」

「ま、でもクロエの言うことは間違《まちが》っていないだろう」

エルドはため息交じりに告げながら、レオンをじっと見つめて言う。

「それならわざわざ作戦行動中に、僕たちの家にお忍《しの》びで来るはずもないだろう。万が一にもこの付近に魔竜が来る可能性を考慮《こうりょ》すれば、絶対に」

「さらに……目の前で、友人が無茶《むちゃ》な戦いに挑《いど》む、のなら……エルドさんは、必ず、介入《かいにゅう》します。そういう、心優《こころやさ》しい性格の、人ですから」

「ま、それを承知で僕たちも駆けつけたんだけどな」

二人の言葉を静かに聞いていたレオンはやれやれと両手を挙げて言葉を返す。

「ご明察だよ。二人とも。そう、実はエルドたちのことを当てにしていた。その方が騎士団の兵力を損《そこ》なうことなく、確実に魔竜を仕留められるからね」

「……エルドさんの、親友にしては、無粋《ぶすい》な真似《まね》、ですね」

クロエは淡々とした声で告げる。その声の端からは刺々《とげとげ》しさが滲《にじ》み出ている。

「エルドさんは、平穏《へいおん》な暮らしを、望んでいたはず、ですが」

「ああ、だが、王としても民の命を最優先に考えなければならない」

そう答えたレオンの目にはいつの間にか、覇気《はき》が溢れていた。どこか声にも威厳《いげん》を滲ませ、重々しい口調で彼は言葉を続ける。

「騎士たちの命であっても、できるだけ損なうことなく、護り抜かねばならない。そのためには使えるものは使う所存だ……悪く思うなよ、エルド」

「ああ、思わないよ、親友。別にレオンは平穏を乱す気はないんだし」

エルドはあっさりと答えながら手を伸ばし、レオンの盃に酒を注ぐ。クロエは視線をエルドに向けると、わずかにその目尻から困惑《こんわく》をこぼした。

「……どういう、ことですか。彼は、エルドさんを、利用しましたが」

「結果だけ見ればな。だけど、僕が出なくても、どうにかする算段はあったんじゃないか？　レオン」

問いかけた言葉に、レオンはにやりと口角を吊り上げて頷く。

「ああ、さすがだ。元相棒。エルドが来ないときは、用意していた仕掛《しか》けを使っていた」

「仕掛け……？」

「ああ、〈蒼キ鎖〉を増幅《ぞうふく》する仕掛けだよ」

「……そういえば、前も使ったな」

ふと思い出す。彼の力である〈蒼キ鎖〉は体内の力を源に発現するが、例外として魔石《ませき》と呼ばれる鉱物を媒介《ばいかい》にして発生させることができる。

一度、それを駆使《くし》して魔族の巨人《きょじん》たちを拘束し、足止めしたことがある。

レオンの本気の〈蒼キ鎖〉は巨人たちが束になっても打ち砕《くだ》けなかった。それなら魔竜《まりゅう》を足止めすることも可能だろう。そうすれば、増援《ぞうえん》を待つことができる。

「近くの山にそれを仕掛けておいた。そこに誘導《ゆうどう》して拘束すれば、あとは〈紅〉か〈金〉あたりの〈英雄〉を呼んで始末すればいいだけ――というシナリオも用意はしていた。だが、エルドの実力を当てにしていたことも否定はしないよ」

レオンはそこまで言うと酒を口に運び、皮肉そうに続けた。

「……自分は〈英雄〉なんかじゃない。他の〈英雄〉の威《い》を借りているだけだ」

そういう彼はどこか辛《つら》そうに瞳を揺らしていた。ヒナはそれを見て視線を伏《ふ》せ、エルドは黙《だま》って酒を干した。

彼の苦悩《くのう》は、分からなくはない。彼の才覚は後方支援に適したものであり、常に前線に立つのはレオンの友人たちだ。そして彼らの多くは戦場で命を散らしていった。

その彼らを差し置いて〈英雄〉と呼ばれることには、罪悪感があるのだろう。

（……全く、レオンは妙に真面目なところがあるからな）

ひっそりと吐息をこぼすと、ふとクロエの手が伸び、盃に酒を注いでくれる。傍《そば》で甲斐《かい》甲斐しく酒を注いでくれた彼女は小さく口を開く。

「では、レオンさんは、エルドさんと、同じ、ですね」

その言葉にレオンは視線を上げ、驚《おどろ》いたようにまばたきをした。ヒナも理解できないように首を傾《かし》げた。エルドだけはその真意を悟《さと》り、笑みをかみ殺す。

「そうだな。僕も生粋《きっすい》の〈英雄〉というわけではなく——〈死神〉の威を借りて〈英雄〉たり得るだけだ。そういう意味では、レオンと同じだな」

「そし、て……〈死神〉も、同じです。〈白の英雄〉の威光《いこう》あってこその、存在、ですから」

クロエはそう告げると、瓶《びん》を持ち上げてレオンに差し出す。そのままその盃に酒を注ぎ足しながらゆっくりと言葉を続けた。

「誰も、が一人で偉業《いぎょう》、を為《な》し遂《と》げている、わけではありません。みんなで、助け合って、困難を乗り越《こ》えます……だから、威を借りるのは、当然、です」

「むしろ、僕たちの威で良ければ、親友のためならいつでも貸す。その代わり、その親友が持つ威も僕たちは利用させてもらうけどな」

エルドとクロエは視線を交《か》わし合うと、どちらからともなく手を伸ばし、二人で手を重ね合う。指を絡み合わせると、エルドは確かめるように静かに言う。

「そうやって、僕たちはお互《たが》いに補い合い——」

「守り合い、愛し合って、生きていくの、ですから」

クロエはそう謳《うた》うように告げると、頬《ほお》を微かに染めて手を握《にぎ》ってくる。

その様子にレオンは呆気《あっけ》に取られていたが、やがてこぼれるように笑みをこぼす。

「……全く、二人には敵《かな》わないな……羨《うらや》ましいくらいだ」

ひっそりと吐息をこぼした彼からは肩の力が抜けていた。レオンはそのまま手にした盃をぐっと飲み干すと、その横からそっと手が伸びて酒を注ぐ。

「及《およ》ばずながら、支えるからね。王様」

そう告げたヒナはいつものように悪戯《いたずら》っぽく、だが、どこか遠慮《えんりょ》がちに告げる。それにレオンは嬉《うれ》しそうに表情を緩ませ、頷いていた。

それを見てエルドとクロエは視線を交わし、微笑《ほほえ》みを浮《う》かべた。

友人たちの密《ひそ》やかな宴《うたげ》は、しばらく続いていた。


「王様、布団《ふとん》が敷《し》けたよん」

「ん、悪いな、ヒナ」

夜更《よふ》け。酒を干した四人は就寝《しゅうしん》の時間を迎《むか》えていた。レオンとヒナの寝床《ねどこ》は相変わらず、家の外にある仮設の天幕だ。そこにヒナは寝具《しんぐ》を敷いて手招きする。

酒精が頭に回り、気怠《けだる》いレオンはゆっくりとその寝具に腰《こし》を下ろし、横になる。それをヒナは傍《かたわ》らで胡坐《あぐら》をかき、その顔を覗《のぞ》き込む。

「王様、大分飲んだねぇ、そんな酔《よ》っているのは久々に見るかも」

「はは、少し羽目を外し過ぎたかもね」

火照《ほて》った頬を冷ますようにレオンは顔を扇《あお》ぐと、ヒナはふと目を輝かせ、その手を伸ばしてぴたりと首筋に掌《てのひら》を当てた。不意に走った冷たさに、レオンは思わず肩を竦めた。

「つめたっ……！　ヒナ、なんでそんな手が冷たいんだよ……」

「あはは、出る前に先輩と洗い物したからねん。キンキンに冷えているよ、ほれほれ」

「止めろって……！　さすがに、酔っているから厳しい……！」

冷たい指先が身体のあちこちをなぞる。そのこそばゆい感覚に身を捩《ねじ》ると、酒が変な風に回って頭が痛くなってくる。それを感じ取ると、すっとヒナは手を引き、そっと額の上にその手を載《の》せてくれる。優しい目つきで、彼女は笑みをこぼした。

「王様は弄《いじ》り甲斐があるよねぇ……計算高いのに、こういうところで付き合ってくれるの、ボクは好きだなぁ」

「そりゃどうも……ああ、気持ちいいぞ。ヒナ」

「ん、王様も温かいなぁ」

二人はしばらくその体勢で止まっていたが、ふともぞもぞとヒナは胡坐から正座に座《すわ》り方を変え、膝《ひざ》を擦《す》って近寄ってくる。

「ね、王様、ちっと頭上げられる？」

「ん、ああ、こうか？」

「そそ……ほら、はい」

ヒナの声がレオンの頭の真上に移動する。そのままレオンは頭を下ろすと、ふとひんやりした柔《やわ》らかい感触《かんしょく》に頭が包まれる。その感覚にレオンは目を細めた。

「……どうした？　膝枕《ひざまくら》なんて」

視線をヒナの方に向けようとするが、それを遮《さえぎ》るように冷たい掌が載せられる。暗闇《くらやみ》の中で、真上から悪戯っぽい彼女の声が聞こえてきた。

「ん、たまにはサービスしようかな、なんて。どうかにゃ？　王様」

「ん……そうだな」

レオンは目をつむってその膝枕を堪能《たんのう》し――吐息と共に告げる。

「……固い。もう少し肉付きがあれば最高だが」

「……王様、頭落としていい？」

「ごめん。ヒナ」

不機嫌《ふきげん》さを隠《かく》さないヒナの声に、レオンはすぐに謝《あやま》る。

（ただ、まぁ正直に言えば、もっと柔らかい膝枕の方が気持ちいいんだよな）

レオンハルトは遊郭《ゆうかく》で遊び倒した経験があり、いろんな女性と一時の春を過ごしてきた。

それに比べれば、ヒナの膝枕は肉付きも薄《うす》く、おまけに冷たい。

これまでの膝枕の中で、一番寝心地《ねごこち》は悪いかもしれない。

「……だけど、ヒナの膝枕はいいな。居心地がいい」

「そ、そうなのかにゃ？」

「ああ、気を張らなくていいし……心置きなく、甘えられるからね」

「……本当に？　他の女の子の方が甘えられるんじゃないの？」

茶化《ちゃか》すような彼女の声色《こわいろ》には、少しだけ嬉しさが滲み出ている。レオンは表情を緩めると、そっと言葉を続けた。

「ヒナだからだよ。他の子だとここまで休まらないからな」

その理由は極めて単純な理由だ——花街の子たちは、信頼できない。

中には敵対組織に買収され、色仕掛《いろじか》けで命を狙《ねら》ってくる子たちもいる。相手がそういう子かもしれない、と思うと素直《すなお》に心を許せなかった。

だから、花街の子たちとは金と身体だけの関係。心までは癒《いや》せない。

だけど、ヒナは違《ちが》う。

元々はクロエの人脈で裏社会から引き抜《ぬ》かれた少女。だが、クロエに鍛《きた》えられ、エルドの推挙によってレオンの護衛となった子だ。騎士として護衛ではなく、裏側から忍《しのび》として彼の護衛を行う。だからこそ、彼のプライベートまで関わっている。

実は遊郭まで一緒《いっしょ》に行き、二人で遊んでいたこともあるくらいだ——それくらいに気心が知れていて、ヒナの前だと正直になれる。

穏《おだ》やかな気持ちのまま、レオンは口を開いてヒナに声を掛《か》ける。

「自分にとってのヒナは……そうだな、きっとエルドにとっての〈死神〉なんだろうな」

「う、ええっ？　そ、それって……」

素《す》っ頓狂《とんきょう》な声を上げるヒナにレオンはにやりと口角を吊《つ》り上げて言う。

「もちろん、相棒、って意味で」

「……からかったね？　王様」

「はは、何のこと——いてっ」

不意に頭の下の膝が消え、ごち、と後頭が地面に落ちる。手が退けられ、レオンはヒナの顔を見上げると、彼女は仕方なさそうに笑みをこぼした。

「ま、頼《たよ》ってもらえるのは嬉しいよ。王様。だから、あまり抱《かか》え込まないで欲《ほ》しいな」

「……そういうつもりはないけど」

「そうかなぁ？　それなら、今回の一件もどういう計算で動いているか、ボクに伝えてくれても良かったんじゃない？」

そう言うとヒナは太ももでレオンの頭を挟《はさ》み込んでくる。加減をしてくれているのか、頭を押《お》さえる程度の力。だが、そのせいでヒナの視線から目を逸《そ》らせない。

その顔つきはいつものように悪戯《いたずら》っぽく笑っているが――その目は真《ま》っ直《す》ぐにレオンを見つめていて、微かに瞳《ゆ》が揺れている。その目で見つめられると、レオンはごまかすこともできず、ただ小さくつぶやく。

「……悪い。ヒナ。そうするべきだったかもしれない」

「……ん、分かればいいよ、王様」

その言葉と共に、ぱっと太ももの挟み込みから解放される。ヒナは明るい笑顔《えがお》と共にレオンの頭を持ち上げ、膝枕の上に載せながら言葉を続ける。

「ボクに情報を共有してくれれば、先輩やエルド様に根回ししやすくなる上に〈暗部〉をもっと効率よく動かせるからね……それに、余計な心労もなくなるし」

「ん……そうだな。これからは、そうするよ」

そう言いながらレオンはヒナに視線を返す。彼女はへらりと笑顔を返してそっとレオンの頭を撫でてくれる。優しい手の感覚を味わいながら、レオンは目を細めた。

（……全く、素直じゃないな。ヒナは）

ヒナは表情の動きが豊かだ。無邪気《むじゃき》に笑い、悪戯好きで、明るく振舞《ふるま》っている。無表情に徹《てっ》しているクロエとは正反対と言えるだろう。

だが、実際のところは違う——本当の感情を、明るい表情で覆《おお》い隠しているだけだ。たとえ、腸《はらわた》が煮《に》えくり返っていても、彼女は笑ってその怒りを見せない。

だから分かる——彼女は笑顔を向けてくれても、本当は心の底からレオンのことを心配している。それでも動揺を隠して笑顔で危険にも付き合ってくれる。

（……手のかかる上司とか、思われているんだろうな）

いつも手間をかけさせて悪いとは思っている。ただ、いつもヒナがいるだけで心が救われるのだ。無邪気な笑顔で傍にいて、どんな判断でも応援《おうえん》してくれる彼女がいてくれるから——。

だから、今もこうして甘えたくなってしまう。

「……なぁ、ヒナ」

「ん？　なにかな、王様」

「お願いがあるんだ」

「えー、めんどい」

「そこを何とか。あの二人のためにお礼をしたいし」

「先輩たちに？」

ヒナはきょとんとしながら視線をレオンに向け、苦笑いと共に首を傾げる。

「……王様、悪い笑顔だよ？　何を企んでいるの？」

「楽しいこと。協力してくれるよな？　ヒナ」

「命令なら従うけど。それで、何をすればいい？　王様」

仕方なさそうに言いながらも、目はきらきらと輝《かがや》かせているヒナにレオンは親友の姿を思《おも》い描《えが》き、ゆっくりと口を開いた。

「二人に、最高の贈《おく》り物をしたいんだ」

終章　二人の物語は終わらない

final chapter

竜《りゅう》を討伐して一か月が経《た》った頃《ころ》――。


その日、エルドとクロエの家には一つの届け物があった。

それは木箱。一抱《ひとかか》えほどの大きさの箱を見て、エルドは思わず首を傾げていた。クロエもまた表情に出さないものの、その瞳には困惑が滲んでいる。

「匿名《とくめい》の、贈り物、ですか」

「一体、誰からの荷物だか……」

これを届けてきたのは、農夫のグンジだ。行商のルークを経由して、この村に辿り着いたらしい。宛先《あてさき》はエルド。それ以外には手紙も情報もなく届けられた品に、エルドとクロエはひとまず受け取るしかなかったのだが――。

「……怪《あや》しいよな」

「ええ、まさか、とは思いますが」

エルドの言葉にクロエはこくんと頷《うなず》く。彼女もまた、エルドが思い浮かべたことを想像しているのだろう。

実は〈白の英雄《えいゆう》〉エルバラード・リュオンに匿名の贈り物が届くことは珍《めずら》しくない。その内訳の半分は害意のない贈呈《ぞうてい》物だ。だが、残り半分は害意の塊《かたまり》である。

たとえば、爆弾《ばくだん》、あるいは毒虫、もしくは劇薬――。

彼を排除《はいじょ》しようと目論《もくろ》む者が罠《わな》を仕掛けて送ってくることも、少なくなかった。

「だけどな……今の僕は、ただのエルドなんだけどな」

「とは、いえ……万が一、ということがあります」

クロエの目つきは久々に剣呑《けんのん》としている。密偵《みってい》としての感覚を研《と》ぎ澄ませながら、木箱を慎重《しんちょう》に観察していた。

「現に、これはただの箱、ではあり、ません」

「ん？　そうなのか？」

「ええ……これは、なかなか、開かないように、なっています。巧妙《こうみょう》な、木細工、ですね」

そう言いながら彼女の指が木箱の蓋《ふた》に掛けられる。指先に力が込《こ》められるが、蓋が動く気配がない。それから彼女の指先は箱の側面に滑る。

そしてその表面を指で押し込むと――かこ、と木箱の表面がずれた。

「……動いた、な」

「はい、木が、組み合わさっている、のです。そのロックを順番に解除、しなければ――

蓋が、開かない、仕掛けです……面倒《めんどう》、ですね」

クロエは淡々《たんたん》とそう言いながら木箱の表面を探《さぐ》るように指先を走らせている。やがてその指先が一点で止まると、また軽い音と共に木箱の表面がずれる。

「……どうする？　斬ってみるか？」

エルドは部屋の隅《すみ》に立てかけてある剣《けん》に視線を向けるが、彼女はふるふると首を振《ふ》る。

「いえ、中身が、劇薬、だったときが、怖《こわ》いので」

「……確かに」

以前、贈り物の中に劇薬が交じっていたことを思い出す。

エルドに被害《ひがい》はなかったが、それを受け取った部下が悪戯心を起こして開けてしまったのだ。知らせを受けて駆《か》け付けると、劇薬を浴びた部下の肌《はだ》は焼けただれてしまった。その部下の皮膚《ひふ》は治ることはなかった。

それを思い出すだけで、背筋が凍《こお》る――もし、クロエがそんな劇薬に触《ふ》れたら、と思うと。

「気をつけてな、クロエ」

「もちろん、です。そんな気配が、すれば、即《そく》投げ捨て、ます」

そう言いながらクロエの指先は木箱を的確に探り、一つずつ木を動かしていく。その仕掛けを眺《なが》めながら、エルドはふと思う。

(……しかし、なんでこんな手の込んだものを？)

エルドに害意を持ってこれを届けている。手が込み過ぎている。もっと簡単に開くものにしなければ、その目的を果たすことができないだろう。

だとすれば、本当に贈り物として届けられた、という可能性があるが……。

ふとクロエの指先がぴたりと止まる。そして巻き戻《もど》すように動かした木を戻していく。

「……どうかしたか？」

「順番を、間違えた、ようです。正しい順番で、動かさないと、これは外れません」

「それはまた、手の込んだ仕掛けだことで」

「全く、です……」

クロエは淡々と答えながら別の場所を弄り始める。かこ、かこ、と小気味いい音を立てるのを聞きながら、やはり、とエルドは思う。

(こんな仕掛け、僕には解除できない……)

そうなると、エルドに贈る意味がない。

贈る意味があるとすれば、これを解除できる人間が傍にいると確信している者のみ――。

「……誰《だれ》が送ってきたか、見当がついてきたな」

「は、い……こんな悪趣味《あくしゅみ》な、贈り方をするのは、あの方、くらいでしょう」

深くため息をこぼしながらクロエは木箱の表面をずらしつつ、視線をエルドに向けた。

「エルドさん、ここ、指で押さえてもらえます、か」

「ん、ここか?」

「はい、ここから難しく、なっていて……手が四本ないと、解除、できません」

「……なるほどな。分かった」

ますます手の込んだ仕掛けだ。どうやら中に板バネが仕込《しこ》んであり、押さえていないと反発力で元の場所に戻ってしまうらしい。

エルドがそれを押さえている間に、クロエの手が木箱の表面を確かめ、的確に動かしていく。

「エルドさん、次はここを」

「了解《りょうかい》」

「……と、ここを、こうしてから……」

「ここを、押さえるんだな」

「はい、そうすると、ここが動かせるので」

「……なるほど、よくできている」

クロエの動きが何となく理解できるようになり、エルドは呼吸を合わせて木箱を押さえる位置を変えていく。クロエは瞬《また》く間《ま》に木箱の仕掛けを解除し――ついに、蓋が動いた。

彼女は慎重な手つきで蓋を外して中を見る。そこに入っていたのは小さな木箱と、折りたたんだ手紙だった。彼女はまずその木箱を取り出して確かめる。

「……これはシンプルな木箱、ですね。中身も軽い」

「それが本命みたいだな。となると」

エルドは箱の中の手紙を取り出し、クロエにも見えるように机の上で広げる。その筆跡《ひっせき》は見知った字であり、すぐに誰のものか分かる。

「想像通り、ですね」

「ああ、全く悪趣味だな。レオンは」

苦笑いを浮かべながら、エルドは親友が寄こした手紙に目を通していく。

『やぁ、エルド。〈死神〉と二人でこの仕掛け木箱を楽しんでくれたかな』

「……楽しませる、つもりなら、もう少し芸、を凝《こ》らしたものが、欲しいですが」

クロエは表情を動かさずに吐息だけをこぼした。警戒《けいかい》して損した、とばかりに首を振ると、続きに目を走らせる。エルドも続けてその手紙を読んでいく。

『一か月前は世話になった。いろいろと面倒な事後処理も終えたので、礼を兼《か》ねて挨拶《あいさつ》の手紙を送らせてもらった。掃除《そうじ》は全て済んでいるはずだから、安心して欲しい』

「……相変わらず、陛下は、仕事が、早い」

「だな。いつの間にか魔竜の死骸《しがい》も始末していたみたいだし」

それも程近《ほどちか》くにあるルーン村の住民に気づかせない手際《てぎわ》だった。北に少し行った場所で魔竜の討伐劇が行われていたなんて、想像すらしていないはずだ。

（こういう大規模な『掃除』に関しては、クロエよりもレオンの方が上手いかもな）

そう思いながらクロエを見やると、彼女はわずかに半眼になって言う。

「何か、失礼なことを、考えている、気がします」

「……気のせいだとは思うが」

「どうで、しょうか……やはり、レオンさんは、宿敵、ですね」

小さく呟《つぶや》くクロエの視線はどこか冷たい。しばらくはクロエとレオンを会わせない方が良さそうだ。エルドは苦笑いを浮かべながら、手紙に視線を戻す。

続きは他愛《たあい》もない近況《きんきょう》報告が続いていた。そして最後の数行で、本題が切り出される。

『今回はいろいろ世話になったから、ある物を用意させてもらった。同梱《どうこん》する箱の中を見てもらえば分かる。まずは、それを見て欲しい』

便箋《びんせん》の一枚目がそこで終わる。二枚目をめくりながら、エルドはクロエに視線を向けた。

彼女は一つ頷くと、指先で慎重に小箱を取り出して机の上に置く。

そしてそれが開かれ——中に入っていたものに、二人は思わず目を見開いた。

「これは……指輪」

「しかも、二つ……」

その箱に納められていたのは、二つの指輪だった。

それは、シンプルなシルバーリング。素朴《そぼく》なデザインに見えるが、その表面には巧《たく》みに彫刻《ちょうこく》が施《ほどこ》されている。そして微かに感じるのは、魔力《まりょく》の波動だ。

魔力的なつながりが、二つの指輪を互いに結び付けている——それがどういう意味を持つか、エルドとクロエにははっきり分かった。

「つまり、これは……」

「結婚《けっこん》、指輪」

エルドはそうつぶやきながらクロエを見やる。クロエは魅入《みい》られたようにその指輪をじっと見つめていたが、すぐにエルドの視線に気づいて咳払《せきばら》いをする。

「……決めつけるのは、早計、です。エルド、さん。手紙の、続きを」

「あ、ああ……そうだな、確認《かくにん》しよう」

クロエは無表情を貫《つらぬ》こうとしているが、そわそわしているのが隠し切れていない。現に今もちらちらと指輪の方を窺《うかが》っているのだ。

エルドは表情を緩《ゆる》めながら、二枚目の便箋に視線を落とす。

『〈死神〉のことだから疑ってかかるかもしれないので、念のため書いておく。これは正《しょう》真正銘《しんしょうめい》、結婚指輪だ。これまでの礼と、二人の門出《かどで》を改めて祝うために作らせた』

「やっぱり、結婚指輪、だな」

「……そう、ですか。いい、贈り物、ですね」

そういうクロエはこくんと頷き、指輪に視線を戻す──だが、見るだけで手を伸ばそうとしない。やがて彼女はぽつりとつぶやいた。

「……でも、良いの、でしょうか。こんなものを、いただいて」

「……クロエ？」

「エルドさんは、つけてもお似合いだと、思います。ですが」

彼女はそっと自分の手を持ち上げ、たおやかな指先を折り曲げる。こきり、と鳴った指先は部屋の灯《あか》りを反射し、刃《やいば》のような鈍《にぶ》い輝きを放った。

それを感情がこもらない、冷たい眼差《まなざ》しで見やりながらクロエは言う。

「……血に、染まった私の、指には、相応《ふさわ》しく、ない……」

その言葉にエルドは少しだけ目を見開き——思わず、苦笑いをこぼした。

「クロエがそう言うのを、ヒナは見通していたみたいだぞ」

「……え」

クロエが微かに目を見開く。エルドは机の上の便箋をめくり、三枚目を示す。それは筆跡が変わった。落ち着いたレオンの文字ではなく、跳《は》ねるようなヒナの文字だ。

『先輩《せんぱい》へ。どうせ「私の、指には、相応しく、ないです、ので……」とか言って遠慮していると思いますが、残念ながらこの指輪は先輩にお似合いであることを、同業者であるこの私が保証します。何せ、私がデザインを監修《かんしゅう》したのですから。四の五の言っていないで、まず、手に取ってみてください』

その言葉に目を通した瞬間《しゅんかん》、ひくっ、とクロエの眉《まゆ》がわずかに動いた。

「……好き放題、言います、ね。ヒナは……いいでしょう。その挑発《ちょうはつ》に乗って、あげます。エルド、さん、手に取っても？」

「もちろんだ。確かめてみてくれ」

エルドの言葉に頷き、クロエはそっと指輪を持ち上げた。緻密《ちみつ》な彫《ほ》り物をされている指輪を手に取った瞬間、彼女は微《かす》かに眉を寄せる。

「……重く、ない」

「……逆に重い指輪はあるのか？」

「作ろうと、思えば、作れる、と、思いますが……そういう意味ではなく」

クロエはふるふると首を振ると、エルドを真っ直ぐ見る。自分でも持ってみて、ということらしい。エルドは頷きながらもう片方の指輪を摘《つ》まみ上げ。

え、と思わず目を見開いた。

「……重く、ない、というか……重さが、ない？」

「は、い……なんだか羽か、空気を持っている、ようです」

存在感が感じないほどの指輪だ。うっかりすると失くしてしまいそうなほどに。だが、触れている部分には感触が確かにある。

クロエは光に透《す》かし、その輝きを見てさらに続ける。

「素材は、魔銀《ミスリル》……確かに、素材としては、悪くない」

「ん、綺麗《きれい》で着けていても悪くなさそうだ」

「ええ、それと……魔銀は、毒を、検知します」

なるほど、とエルドは思わず頷いた。確かに王家で使う純銀の匙《さじ》は毒に反応して色を変える、とレオンから聞いたことがある。魔銀も同じような性質があるらしい。道具として機能性は抜群《ばつぐん》——密偵であったクロエが身に着けるには相応しいだろう。

だが、クロエはまだ迷っていた。葛藤《かっとう》しているかのように視線が指輪と手紙の間を動き、やがておずおずとエルドに視線が向けられる。

「……エルド、さん」

その声はあまりにも心細そうで、気後《きおく》れしていて。

毅然《きぜん》とした密偵らしくない、自信なさげな少女のようだ。

(だけど……それも、クロエの一面なんだろうな)

戦場に立てば冷徹《れいてつ》かつ無慈悲《むじひ》。

的確で研ぎ澄《す》まされた彼女《かのじょ》の刃が、容易《たやす》く命を摘み取る。

料理も、狩猟《しゅりょう》も、体術も一級品。

背中を任せたら頼《たの》もしい、天下一の密偵。

だけど、同時に。

子供が好きで面倒見《めんどうみ》がよくて。

好きな人に喜んでもらおうと、ひたむきに向き合って。

時々、感情的になって力が入りすぎるところもあって。

かわいいものが好きで、花言葉にも詳《くわ》しくて。

でも自分には似合わないから、と一歩引いて遠慮してしまう。

エルドにとって最強でかけがえのない相棒で。

可愛《かわい》くて愛《いと》おしくて大好きな想《おも》い人。

（だから……うん）

エルドは目を細めると、自分の手元の指輪を見つめながら何気ない口調で言う。

「そうだな……確かに、いい指輪だから、つけるのを遠慮してしまうな」

「で、です、よね」

クロエがわずかに動揺《どうよう》したように視線を泳がせる。エルドはそれに気づかないふりをして淡々とした口調で続ける。

「僕《ぼく》も言えば、手を血に染めた人間。こんな綺麗な指輪は似つかわしくないわ」

「ぁ、う……」

クロエは焦《あせ》ったように口を開くが、言葉で出ずにぱくぱくと唇《くちびる》を動かし——やがて、しょぼん、と顔を伏せさせてしまう。どこか既視感《きしかん》のある光景に表情を緩めながら、エルドは柔らかい口調で言葉を続ける。

「でも——もし、僕の大好きな人が一緒の指輪をつけてくれて」

ぴくり、とクロエの肩《かた》が小さく跳ねる。

「それで一緒に暮らしてくれるなら、大歓迎《だいかんげい》だな。お揃《そろ》いの指輪で、共に過ごしていくなんて——なんだか、素敵《すてき》だと思うから」

その言葉にクロエはゆっくりと顔を上げる。何かを我慢《がまん》するように彼女は唇を引き結んでいたが、やがて微かに唇を動かして囁《ささや》く。

「……エルドさん……ずるい、です。意地悪です」

「ああ、悪い」

「前も、同じ言い方を、しました」

「うん、知っている」

「……ずるいです、いつも、困らせて、きます」

彼女の表情は動かない。声に起伏《きふく》もない。

それでもエルドには分かる。頬の赤らみ、潤《うる》んだ瞳《ひとみ》、下がった眉尻《まゆじり》、拗《す》ねて歪《ゆが》んだ唇――

全てが些細《ささい》な表情の動き。それを読み取れるのは、エルドの特権だ。

エルドは微笑みながら見つめていると、クロエは観念したように小さく息をこぼし、その言葉を口にしてくれる
「私も……大好きな人と、一緒の指輪を、つけたいです……貴方《あなた》と、一緒の指輪を」

その真っ直ぐな言葉は、彼女の本心だった。

密偵としての建前もなく、一人の恋《こい》する女性の正直な想い。それに応えるようにエルドは頷いて、クロエから指輪を受け取る。

そして彼女の左手の指先を手の上に載せると、その薬指に指輪をそっと嵌《は》めた。

ぴったりと嵌まった指輪が彼女の薬指で輝く。クロエはそれを見つめると嬉しそうに表情を緩めた。だが、すぐにエルドに視線を戻してじっと目を見つめてくる。

その意図を察し、エルドは頷きながら持っていた自分の指輪を差し出した。

「クロエ、お願いしていいか？」

「はい、喜んで」

その言葉にクロエはこくこくと二つ頷き、指輪を受け取る。そしてエルドの左手を取る

と、慎重な手つきで彼《かれ》の薬指に指輪を嵌めてくれる。

指先に嵌まった指輪。それを見てクロエは柔らかく微笑んだ。

「これで、お揃い、です」

「ああ、一緒だ」

そう言いながらエルドは左手を伸《の》ばし、クロエは自然とそれに自分の左手を重ね合わせる。指先を絡《から》めるようにすると、その指輪が近づいて輝きを放った。

その指輪越しにエルドとクロエは視線を交わし、小さく笑《え》みを浮かべた。

「……これからも、一緒に」

「はい、よろしくお願い、します」

その言葉と共に、二人はどちらともなく手を引いて距離《きょり》を縮める。しっかりと指を絡み合わせ、手を繋《つな》いだまま、こつんと額をぶつけ合わせた。

視線を合わせたまま、誓《ちか》い合うようにその言葉を口にする。

「これからも永久に——二人でゆっくり一緒に暮らそう」

「大好きな、貴方の傍《そば》で、ずっと微睡《まどろ》んで、いたいから」

英雄たちの物語は幕を下ろした。

だが、二人の平和な暮らしは終わらない。

これは一人の青年と一人の少女の物語。

二人がごく当たり前の幸せを紡《つむ》いでいく物語である。

エピローグ

epilogue

静けさに包まれた王城の夜。だが、一つの部屋は絶えず灯りがこぼれている。

王の執務《しつむ》室《しつ》。その机では王であるレオンハルトが書類に視線を通し、ペンを走らせていた。彼以外、人の気配がない部屋でペンの音が鳴り——。

それを遮るように、小さな声が彼の背後から聞こえた。

「——王様、先輩は指輪受け取ってくれたかにゃ」

「ん、そうだな」

レオンハルトはそれを気にした様子もなく答え、ペンを滑《なめ》らかに走らせる。一区切りをしたところで彼はペンを置くと後ろを振り返った。

彼以外、誰もいないはずの執務室。その窓の傍にいつの間にか一人の少女が寄りかかっていた。黒衣《こくい》を身にまとった彼女にレオンは首を傾《かし》げる。

「気になるか？」

「……少しだけ。あれだけ手《て》間《ま》暇《ひま》をかけた指輪だからにゃあ」

黒衣の少女――ヒナはため息をこぼしながら、目深《まぶか》に被《かぶ》ったフードを脱《ぬ》いで素顔《すがお》を晒《さら》す。

彼女は視線を逸らしながら指先で髪《かみ》を弄《いじ》る。

「あの彫刻も結構、手が入っているし」

「ああ、あの装飾《そうしょく》はヒナのアイデアだったな」

レオンが彼らに指輪を贈るにあたって、ヒナたち〈暗部〉の人員の意見を募《つの》った。彼女たちの意見で魔銀《ミスリル》を使ったシンプルなリングを作り出した。彼女たちの斬新《ざんしん》なアイデアによって、エルドもクロエも気に入るような指輪になったと考えている。

ヒナのアイデアは、指輪に施した彫刻。あれは二つの植物がモチーフになっている。

「シズマ草と、ユーラの花か」

「……どうだと思う？　王様？　ボクはあの二人にぴったりだと思うけど」

「ああ、そうだな。あの二つの花言葉を考えると」

シズマ草は〈揺るぎない刃〉、ユーラの花は〈陰《かげ》ながら支える〉――二人にぴったりな言葉だ。レオンは表情を緩めながら訊《たず》ねる。

「よく思いついたな。ヒナ」

「二人を見ていれば分かりますよ。先輩は昔からエルド様のことをシズマ草みたいだと言っていましたし……エルドさんは、先輩にユーラの花の髪飾《かみかざ》りを贈っていましたから」

「そういえば、二人はそんな話をしていたな」

酒の場の惚気合《のろけあ》いを思い出し、レオンは思わず苦笑いをこぼした。

「ま、それだけ手をかけて作ったんだ。彼らは受け取るだろう」

「でも、先輩のことだから変に遠慮《えんりょ》しそうだし」

「大丈夫《だいじょうぶ》だ。手紙を添《そ》えておいたし……それにエルドがいる。エルドは〈死神〉のことをよく分かっているから、言いくるめてでも指輪を持たせるさ。間違《まちが》いない」

レオンは事も無げに言って肩を竦《すく》めると、ヒナは何故《なぜ》かむっとしたように頬《ほお》を膨《ふく》らませる。彼は思わず片眉を吊り上げると、彼女は刺々《とげとげ》しい口調で言う。

「……相変わらず、王様はエルドさんのことを信頼《しんらい》しているんだね」

「ああ、長い付き合いだからな――もちろん、ヒナのことも信頼しているぞ。相棒」

「……っ、別に私のことはどうでもいいんですけど」

ヒナは唇を尖《とが》らせながら視線を逸らす。その頬が微かに赤らんでいるのを見ながら、レオンは少しだけ表情を緩めた。それに気づいたのか、ヒナはごまかすように咳払いをする。

「そ、それよりも王様――お耳に入れたい情報が」

真面目な口調に切り替《か》えたヒナ。真剣《しんけん》な眼差しを受け止め、レオンは背筋を伸ばした。

「分かった。聞こう」

「珍しい人が王都に見えられました──〈匣《はこ》の英雄〉です」

「……〈匣の英雄〉？」

思わずレオンは虚《きょ》を衝《つ》かれて目を見開く。

〈匣の英雄〉は魔王《まおう》大戦で共に戦った仲間の一人だ。彼の〈異能〉は結界術に特化されており、その〈匣〉によって〈英雄〉たちの背中を守ってきた。最終決戦のときは、エルドたちと共に魔王と相対し、その攻撃《こうげき》を防ぐのに一役《ひとやく》買ったとエルドから聞いている。

そんな彼は大戦終結後、連合軍解散に伴《ともな》って自国に戻った。定期的にくれる手紙によれば、森の奥《おく》で魔術《まじゅつ》の研究をしているようだが。

「……何故、彼がこの国の王都に？」

「事情は分かりませんが、誰も供はいないようです」

「そうか……事情次第《しだい》では、城に招くか……」

「それが実は……少し前に王城まで来られていて」

ヒナの言葉にレオンは軽く目を見開いた。彼女は少し困ったように首を傾げながら報告を続ける。

「身分を明かさずに陛下に面会を求められたので、門前払《もんぜんばら》いされかけて──なので〈暗部〉で手を回して客間にお通ししたところです」

「そうだったのか。ありがとう、ヒナ」

「いえ……それで、如何《いかが》しましょうか、陛下」

「ん、そうだな。これ以上待たせても悪い」

咳払いを一つ。レオンハルトは鋭《するど》い視線をヒナに向けて告げた。

「ここに通してくれ」


「いや、急な訪問で申し訳ございません、レオンハルト陛下」

その声と共に彼が足を踏《ふ》み入れると、ふわりとどこか涼《すず》しい風が吹《ふ》いた気がした。柔《やわ》らかい自然の香りを漂《ただよ》わせる男性に思わずレオンは懐《なつ》かしさに目を細めた。

「……変わらないようで何よりだ、クラウス」

「まぁ、三年程度ではあまり変わりませんが。ご無沙汰《ぶさた》しています。陛下」

拝礼してみせる彼は、大戦時代に轡《くつわ》を並べた頃から全く変わっていなかった。

すらりと伸びた背丈《せたけ》に、引き締《し》まった端正《たんせい》な顔つき、そこにふんわりと浮《う》かんだ笑みは邪気《じゃき》がまるでなく、優《やさ》しげそのもの。そして目を引くのは、鋭く尖った耳だ。

彼は森に住む種族、エルフの一人。それ故に美青年と思える顔立ちなのだ。

エルフの〈英雄〉、クラウス・ブローニングは拝礼から視線を上げ、少し首を傾げる。

「……少しやつれましたかね？　陛下」

「まぁ、心労は絶えないからな――それとクラウス、ここには自分の直属の部下しかいない。だから、いつも通りで結構だ」

「あは、了解しました。レオンくん」

レオンの言葉に弾《はじ》けるような笑みをこぼすクラウス。そんな彼に釣《つ》られて笑みをこぼしつつ、レオンはヒナに合図して椅子《いす》を出させる。

「それで折角《せっかく》なら世間話でもしたいところだが――その前にクラウス、何故、王都に来たか聞いてもいいか？　どうもお忍《しの》びのようだが」

その言葉にクラウスは椅子に腰《こし》を下ろし、優雅《ゆうが》に足を組みながら微笑《ほほえ》む。

「ええ、まぁ。一つの理由はエルドくんに会いに来たのですが」

「ん、エルドに？　何故？」

「いや、レオンくん、キミが指輪の作成を頼んだからでしょう」

「……まぁ、確かに頼んだが」

魔銀はドウェルグの〈英雄〉から仕入れ、指輪に加工してもらった。

その指輪に彫刻や魔力の加護を施すように頼んだのが、クラウスだ。だが、エルドに贈る用だとは説明していない。

「説明されていなくても、指のサイズで想像がつきますよ。恐《おそ》らくあれはエルドくんのためにレオンくんが作らせたものだと推理できます――そうではありませんか？」

優美な笑みを浮かべて告げるクラウスに、レオンは渋々《しぶしぶ》頷《うなず》いた。

「確かに、そのつもりで頼んだ」

「それで同じ意匠《いしょう》の指輪を二つ――となれば、エルドくんに良い人ができた、と推理するのが当然です。それでお祝いついでに顔を見に来たわけですよ」

どうだ、と言わんばかりに得意げなクラウスを見ながら、レオンは吐息《といき》をこぼす。

「なんというか……相変わらずだな、世話焼きなところは」

「世話焼きなつもりはありませんが、友人のことは励《はげ》ましたいではありませんか」

「それはありがたいが……残念だが、エルドはもう騎士《きし》を辞《や》めているぞ」

「……おや」

クラウスは意外そうに目を丸くする。レオンは頷きながら言葉を続けた。

「もう一年前のことだ。あまり大きく触れることではないから、隠《かく》しているが」

「なるほど、なるほど……そうだったのですね」

そう呟くクラウスは顎《あご》に手を当てて何か考《かんが》え込み始める。その様子にレオンは片眉を吊《つ》り上げた。

「……あまり驚《おどろ》いていないな。クラウス」

「ええ、まぁ……予想はしていました。実はすでに噂《うわさ》になっているのですよ」

「……エルドがいないことが？」

「正確には〈白の英雄〉の不在が、です」

クラウスはそう言いながら鋭い眼差しでレオンを見つめてくる。その視線を受けてレオンはわずかに思考を巡《めぐ》らせてから口を開いた。

「不穏《ふおん》分子が動くと思うか？」

「噂になっていることが、答えみたいなものだと思いますよ？」

端的《たんてき》なクラウスの言葉に、だろうな、とレオンは思わず唸《うな》った。

〈白の英雄〉は敵だけでなく、味方からも畏怖《いふ》されていた人物だ。

大戦中はもちろん、終戦後も人類連合の不穏分子が〈英雄〉や重臣たちの命を虎視眈々《こしたんたん》と狙《ねら》っていたが、それは未然にエルドやクロエによって防がれていた。

それ故に不穏分子たちは〈白の英雄〉の動向を注視しているのだが――。

「これを好機と捉《とら》えて、良からぬことを考える者も少なくなさそうだな」

「ええ、〈白の英雄〉が不在なら暗殺も容易い……そう考えるでしょう。折しも間もなく開催《かいさい》されるのは各国首脳が集うサミットです――エルフたちの間でも、わずかに嫌《いや》な風を感じている者が少なくありません」

「……貴重な意見だな。助かる」

正直、国内の情報収集だけで〈暗部〉は手一杯《ていっぱい》だ。国外の状況《じょうきょう》までは詳しく調べていなかっただけに、その情報はありがたかった。

だが、そうなると頭痛の種が一つ増えることになる。

「……エルドのいないサミットを、どう乗り越《こ》えるかだな」

正確にはエルドとクロエがいない中で、どう立ち回るか。

クラウスがもたらした情報が事実なら、多くの刺客《しかく》が差し向けられるはず。それを表沙汰《おもてざた》にせず、静謐《せいひつ》に排除し続ける必要がある。

もし表沙汰になれば、誰が暗殺者を差し向けたか、犯人捜しが始まる。

疑心暗鬼《ぎしんあんき》が始まれば、ここまで慎重に進めてきた軍縮政策が水の泡《あわ》だ。再び戦乱の世に後戻《あともど》りしかねない——それだけは阻止《そし》せねば。

胃痛の種に深くため息をこぼしていると、ふとクラウスが声をかけてくる。

「お困りのようですね。余程《よほど》、エルドくんの不在が堪えているようで」

「ああ、それでも彼を呼び戻すわけにはいかない」

「ふむ、なるほど……それならば、一つ妙案《みょうあん》があります」

そういうクラウスはどこか意味ありげな笑みを浮かべている。その見覚えのある笑みにレオンはふと思う。

（……何か思いついたときの顔だな）

クラウスは世話焼きで仲間想いなところがある一面、戦場では計略を使って敵をかく乱する一面もある。落石、空城、火攻《ひぜ》め——様々な計略を思いつくのだ。

その計略に何度か連合軍は助けられてきた。レオンは背筋を伸ばしながら訊ねる。

「その妙案、聞いてもいいか？」

「ええ、それでは——今度のサミットが開催されるのはペイルローズ。国境の街であり、さまざまな種族が出入りしております。そこは同時に温泉地でもあり、観光地としても有名ですよね」

「まぁ、そうだな」

サミットは各国から首脳が集まる一大イベント。警護のしやすさもそうだが、自国の魅力《みりょく》をアピールすることもポイントの一つだ。だからこそ、それらを加味して利便性の高いペイルローズをサミットの場とした。

それを思い起こす中で、クラウスは瞳を爛と輝《かがや》かせながら微笑んだ。

「それならば、一人の男がたまたま友人の招待を受けて観光に来ていても、おかしくないのではありませんか？」

「……ほう、なるほど？」

その言葉にレオンの理解が追いついていく。確かに、妙案だ。

つまり、エルドとクロエをサミットが行われる地に招待するのだ。そうなれば、たまま観光する彼らを見て、暗殺者たちは勝手に勘違《かんちが》いをしてくれる。

まだ〈白の英雄《えいゆう》〉は引退していない。人ごみに紛《まぎ》れて王を警護している、と。

そして、彼らを誘《さそ》うにはもってこいの口実もある。

レオンとクラウスは視線を合わせると、思わず笑みをこぼす。それを見ていたヒナはため息をこぼし、半眼になって言う。

「なんだか、二人ともすごく悪い笑顔《えがお》っすねぇ……」

「いや、そんなことはないぞ。な、クラウス」

「ええ、そうですとも。エルドくんのために、知恵《ちえ》を巡らせているだけで」

〈英雄〉たちは頷《うなず》き合うと、その結論を下した。

「二人を新婚《しんこん》旅行に招こう」――と。

あとがき

after word

はじめまして。HJ小説大賞2021中期で受賞させていただきました、アレセイアと申します。今作は応募作『【終幕】救国の英雄譚【開幕】二人だけの物語』を改題し、『最強英雄と無表情カワイイ暗殺者のラブラブ新婚生活』として皆様のお手元にお届けする次第となりました。略して『最強カワイイ』シリーズですね。

私は元々『バーティミアス』シリーズ、『ドラゴンライダー』シリーズといった王道ファンタジーから文学の世界に憧れ、小説を書き続けてきました。京都の芸大で文芸表現を専門に研究し、当時はスケールの大きな作品を書いておりましたが、師事した先生から「キミは作品の風呂敷を広げ過ぎるね」とご指摘をいただきました。

そのときの指摘を振り返り、登場人物を最小限にとどめ、好きなイチャラブにフォーカスした作品を手堅く書いた作品は、本作品になります。この作品は前述した指摘を含め、先生の数々のご指南があってこそ生まれたと感じております。

また学生時代から長い付き合いを続けてくれている親友たち、探偵小説家の友人、そしてSNS上で様々な雑談に付き合ってくれる皆様――数え切れないほどの方々の応援があってこの作品を書き切ることができました。皆様に心からの感謝を申し上げます。

さて、この『最強カワイイ』シリーズですが、第2巻を現在鋭意製作中です。〈白の英雄〉〈蒼の英雄〉に続いて登場する〈匣の英雄〉。一体彼は何者なのか。そしてエルドとクロエは次巻でどんなイチャラブを繰り広げるのか――本作が気に入ったという方はぜひ次巻もお手に取っていただければ幸いです。併せてコミカライズ企画も進行中です。そちらもぜひチェックしてみてください。

最後に本作を刊行するにあたって尽力下さった編集部の方々、校正の方、デザイナー様。そしてクロエやヒナを可憐に書いていただいたイラストレーターのmotto様。皆様のご協力に心からの感謝を申し上げます。本当にありがとうございました。今後ともどうぞよろしくお願い致します。

そしてこの本をお手に取って下さった読者様。本当にありがとうございました。

皆様の明日が明るく楽しく輝いていることを、お祈りしております。

次巻予告
新婚旅行で温泉デート！

STORY

魔竜を撃退し、平和に暮らすエルドとクロエ。

そんな二人の元へ〈匣の英雄〉が現れる。

新婚旅行への招待状を持ってきた彼の誘いに乗り、新婚旅行へ向かう二人。

ちょうどその先では各国首脳が集まってサミットをしていた！

各国の暗殺者が敵国の首脳の命を狙っている中、新婚旅行先に降り立つエルドとクロエ。

二人を見た暗殺者達が起こした行動とは——!?

更にそこには結婚したことを知らされていなかったエルドの姉、ヴィエラもいて……

イチャイチャが目白押し!!

新婚旅行で仲が深まる最新2巻！

2023年冬発売予定!!

勇者パーティーを追放された精霊術士1

最強級に覚醒した不遇職、真の仲間と五大ダンジョンを制覇する

著者／まさキチ
イラスト／雨傘ゆん

最強主人公による爽快ざまぁ＆無双バトル

若き精霊術士ラーズは突然、リーダーの勇者クリストフにクビを宣告される。再起を誓うラーズを救ったのは、全精霊を統べる精霊王だった。王の力で伝説級の精霊術士に覚醒したラーズは、彼を慕う女冒険者のシンシアと共に難関ダンジョンを余裕で攻略していく。

告白から始まる今世紀最大の甘々ラブコメ!!

陰キャの僕に罰ゲームで告白してきたはずのギャルが、どう見ても僕にベタ惚れです

著者／結石　イラスト／かがちさく

陰キャ気質な高校生・簾舞陽信《みすまいようしん》。そんな彼はある日カーストトップの清純派ギャル・茨戸七海《ばらとななみ》に告白された!?
恋愛初心者二人による激甘ピュアカップルラブコメ！

シリーズ既刊好評発売中

陰キャの僕に罰ゲームで告白してきたはずのギャルが、どう見ても僕にベタ惚れです 1～5

最新巻 陰キャの僕に罰ゲームで告白してきたはずのギャルが、どう見ても僕にベタ惚れです 6

HJ文庫毎月1日発売　発行：株式会社ホビージャパン

HJ文庫 1099 https://firecross.jp/

最強英雄と無表情カワイイ暗殺者のラブラブ新婚生活 1

2023年7月1日　初版発行

著者――アレセイア

発行者―松下大介
発行所―株式会社ホビージャパン

〒151-0053
東京都渋谷区代々木2－15－8
電話　03(5304)7604（編集）
　　　03(5304)9112（営業）

印刷所――大日本印刷株式会社

装丁――AFTERGLOW ／株式会社エストール

ISBN978-4-7986-3215-5　C0193

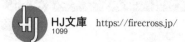